陳福成著

文學叢刊

中國鄉土詩人金土作品研究

——我與遼寧張云圻的《華夏春秋》因緣

文史哲出版社印行

國家圖書館出版品預行編目資料

中國鄉土詩人金土作品研究：我與遼寧張云圻的《華夏春秋》因緣 /陳福成著 . -- 初版 -- 臺北市：文史哲，民 106.12
頁；　公分（文學叢刊；386）
ISBN 978-986-314-397-0（平裝）

856.186　　　　106022131

文學叢刊 386

中國鄉土詩人金土作品研究

我與遼寧張云圻的《華夏春秋》因緣

著　者：陳　福　成
出版者：文史哲出版社
http:// www.lapen.com.tw
e-mail：lapen@ms74.hinet.net
登記證字號：行政院新聞局版臺業字五三三七號
發行人：彭　正　雄
發行所：文史哲出版社
印刷者：文史哲出版社
臺北市羅斯福路一段七十二巷四號
郵政劃撥帳號：一六一八〇一七五
電話886-2-23511028・傳真886-2-23965656

定價新臺幣四五〇元

二〇一七年（民一〇六）十二月初版
二〇二〇年（民一〇九）元月再版

ISBN 978-986-314-397-0　　09386

序——金土的四把刷子・關於我著作的聲明

帶著一點急迫感，苦幹實幹三個月，加上近兩年多的閱讀筆記，終於把「金土研究」功課做完，再贅數言為序。長久以來，總在思索著金土有幾把「刷子」？往昔我頂多讚美人「有兩把刷子」。但現在我平靜整理思緒，發現他有「四把刷子」。

第一把是「解決問題刷」。人生是一個面臨問題、解決問題的過程，問題可以讓人成長，給人磨練，讓人長智。只是很多人是被問題打倒，乃至打死的。我發現金土善於解決問題，從高中輟學、食品站被賣（看年表）、生病、欠債……種種困局逐一解決，並從中得到智慧，轉化成幾千首詩。

第二把是「興趣持恆刷」。寫詩的興趣在初中就養成，且立志要當詩人，他竟不忘初心，堅持了一輩子；除了詩創作，進而編刊、辦刊，廣結善緣。興趣能持恆並培養出文學使命感，這把刷子功能又大又多。

第三把是「堅信必成刷」。人無信心，萬事難成，任何成功立業都要以信心為基礎。寫詩一輩子，興趣之外加上信心，才有「金土體」的出現。

第四把是「死棋回生刷」。我在台灣主持的《華夏春秋》雜誌正式宣佈打烊，這份雜誌算是被判定「死亡」。不久金土在遼寧省綏中縣，號召一群詩友「復刊」了，這本雜誌又活了，起死回生，我禮讚這把刷子。

對於《中國鄉土詩人金土作品研究》，寫作過程中反復思索，覺得自己還是「眼高手低」了，總覺得對金土其人其詩論述仍不夠，還有「好東西」沒挖出來，以及還有疑惑懸著。孟瑤在《中國文學史》的序說：「平民的聲音，沒有文人的潤飾不會精美；文人的靈魂，沒有平民的滋補不會康強。他們相依為命。」（台北，大中國版，一九九三年）而金土是平民、農民、詩人、文人。他以農民的身份發聲，再以詩人的身份創作，他不須遠取「補品」，農民可以從大地土壤得到滋補，不是嗎？敬請兩岸詩評家指正了。

關於我著作的聲明：我已出版的各類著作有一百多本，至少幾千萬字，是我寫作五十年的一點點小小成果，算是給自己人生一點交待。多年前我就聲明過，我所有作品放棄所有權，是中華民族的公共財，任何人或團體都可以印或出版，拿去賣或送人都行，不需我同意。

有一天王曉波拜訪莫言，曉波說：「拍賣市場上有許多你的字和畫。」

莫言答：「我從沒拍賣過字和畫，我也確認過那些字和畫都是假的。」

曉波問：「那你沒有去追究那些假字和假畫嗎？」

莫言答：「算了吧！人家那也是飯碗，就連我的家鄉有人出盜版書，我也沒管，我想就算我給鄉親們做點貢獻吧！」（人間福報，二〇一七年十一月一日，15版）。

我的心態和莫言類似，我也想為中華民族做一點貢獻。只因莫言拿了諾貝爾文學獎，他的作品有人盜印、搶印；而我一百多本著作，至今無人盜印或搶印。包含這本《金土作品研究》，有人要在大陸出版或以任何方式印來送人，我都同意且沒有任何條件，唯一條件是不得變更行文內容。

正當本書已完成排版，即將出版之際，我收到金土第六本詩集《我愛》（香港：中國新聞出版國際交流有限公司、讀書文化出版社，二〇一七年六月）。也是六百多頁的大部頭詩集，看來金土兄拿老命寫作，我立即寫信叫他少寫，先搞好健康，祝福他！

中國台北公館蟾蜍山　萬盛草堂主人

陳福成　誌於二〇一七年十一月初

中國鄉土詩人金土作品研究　4

再版序　給金土——《中國鄉土詩人金土作品研究》大陸反響的回應

二〇一七年十二月，我出版了《中國鄉土詩人金土作品研究》一書（台北：文史哲出版社）。金土（張云圻）先生，大我十歲，住在吾國遼寧省綏中縣的著名鄉土詩人，我該叫他「金老大哥」才對。他是農曆正月（陽曆二月）生，今（二〇二〇）年應叫八十大壽（中國人歲不稱九），在此祝福他，寫作靈感如長江黃河水，長命百歲，再出幾本詩集。

「認識」金土（從二〇一一年他主持《華夏春秋》復刊第一期出刊算起），應該也有八年多了。此期間，他多次邀我到綏中參訪，我皆未能成行，原因很複雜，難以三言兩語說清楚，金老大哥應可體諒。我想對金土及祖國文友說的話，已全部寫在《中國鄉土詩人金土作品研究》書上，我就覺得沒有遺憾了，我和祖國很多詩人作家，都是心靈上的知音。

二〇二〇年元月才過幾天，就收到金土寄來的《華夏春秋》（二〇一九年第四期）。仔細翻閱後，部份是金土研究一書的節錄，讓我很感動的是，不少大陸文友對該書的讀後反響。包括有：內蒙古的雷中鳴、秦旺；安徽的李大芝；浙江的譚寶貴；雲南的李伍久；遼寧的田麗華、孫德昌、安九振、趙寶來、衛德連、張振林、高寶俠、王立華、陳玉新、劉忠禮、奚寶書等吟詩謳歌。更有著文或書法稱頌者，有遼寧的杜尚權、楊玉清、劉希英、趙鴻德、王文成、張涵、七道、李文仁等。當然，金老大哥的一首藏頭詩（陳福成好）又在我心中起風：

陳在臺灣金在遼，福星高照架虹橋。
成為華夏一佳景，好在遊觀盡舜堯。

在《華夏春秋》（二〇一八年第三期），也有一首〈致台灣著名作家陳福成先生〉詩說，「大陸台灣一祖宗，隔山隔水不隔情⋯」。凡此，一再在我心中起風，兩岸都是同一祖宗，同是中國人，竟分裂了七十多年，至今統一還是遙遙無期。在我出版著作的每本書封面內摺，作者簡介有句話「生長在台灣的中國人」，我深研「中國學」，知道吾國歷史「分久必合」的規律性。但越久拖，問題越大，經三十年的「台獨」洗腦，很多人都變質了，再拖下去只有「武統」。

怎不讓我心中起一陣緊張風，讀劉忠禮先生兩句且得一些安慰：

大陸臺灣兩地生，詩人金土福成兄。
往來書信未謀面，相見真情文筆中。

忠禮、金土和吾等詩人作家，可謂「手無寸鐵、僅有一筆」，乃至「百無一用是書生」。我們有什麼？有什麼珍貴的？說來就只有心中的「真性情」，我們用真情著詩立說，期許對社會有正能量，對民族有一絲貢獻，我們真情揮灑都是有價值的。我就很敬佩金土創作揮灑的動力十足，他對詩歌的真情無法形容，趙寶來稱他「詩魔」，如其詩曰：

大趙稱他是詩魔，小趙稱他是詩癡。
……
感動臺灣陳福成，為他著書誰不知。

我想一切的藝術作品（含詩歌、小說、戲劇、電影，乃至表演藝術），要吸引最多人的人觀賞、稱頌，或佔有一定市場，讓人「感動」是重要元素。而感動來自兩方面，一是「人品」，二是「作品」，人品的內涵（或標準）是真性情，作品的內涵（或標準）是真善美。

這種人品和作品在中國文學觀是合一的，故說「文如其人」。在西方文學觀則是二者可以分離的，文可以不如其人。金土作品之讓人感動，大趙（趙鴻德）稱他詩魔，小趙（趙寶來）叫他詩痴，此正與吾國大唐詩仙李白、詩鬼李賀、詩聖杜甫、詩佛王維等，古今相呼應啊！好不痛快！所以我為他著書稱頌。

但人與人之間的感動還有「外在因素」。舉例說明，大家知道汪精衛是個漢奸，而他詩文極佳，誰會因他的作品而感動？聞所未聞。同理，假如我對中華民族沒有認同，假如我對中國文化沒有信仰，假如我是個「台獨份子」，怎麼可能對金土有感動？連因緣也不會有。所以李伍久先生的詩說對了：

臺灣名家陳福成，研究詩魔心急迫。
不懼蠅蚊鬧台獨，急出一部大作品。

說來感慨，讓人心急，正在寫作本文之際，那「台獨偽政權」通過一個法案，《反滲透法》，隨時可以指控任何人「通敵」。短期看台灣政局很悲觀，會越來越可怕！越來越恐怖！乃至爆發內亂！當小島不可為時，我們這些詩人如何自處，我很嚮往奚寶書的生活：

敝人居住青山下，木屋木門木籬巴。

……同讀臺灣陳君書，青史留名譽中華。

我現在的生活和奚寶書最類似，他住青山下，過著世外桃源的生活方式，「土生土長土生活，土里土氣土作家」，陶淵明亦不過如此。而我呢？隱居青山上，養豬種菜和寫作研究，不覺間也快七十歲了。希望有生之年看到中國統一，武統、和統皆好。

楊玉清先生的《華夏春秋》留美名，致台灣陳福成君。這是一首近百行的長史詩，把我和金土的「華夏春秋因緣」，從頭到尾，有始至今，贊頌一回。甚至將我的出身、背景、志業、人生目標等，簡明暢述，感動啊這位楊先生。賞讀他這首詩的少部段落。

反對台獨盼統一，長以中國人為榮。
春秋大義為志業，貢獻所學與所能。
……
不為賺錢為信念，堅持一個中國心。
宣揚國學價值觀，口誅筆伐台獨營。
……

二〇一四年六月，《華夏春秋》刊發行。

特聘執編是金土，社長仍為陳福成。

其實我跟金土說過，我不須安排任何「職稱」，因為沒有負責任何實際工作，任何稱謂都是虛位，不由能負責的人承擔之，這才有利於《華夏春秋》持久維持。幸好我看現在的主編陣容，楊玉清、秦旺、孫忠恕、衛德連、李樹琪、奚寶書、高寶俠、王文成，而由金土擔任執行主編，這刊物可「活」很久。

《中國鄉土詩人金土作品研究》出版至今，已過兩年多，計劃在二〇二〇年春夏之際出第二版。在大陸引起的反響詩文置於書後附件，本文則為二版序，出版後寄數十本給金土，請轉贈給本文提到的詩友，以感念人生得有諸君這段因緣。

中國台北公館蟾蜍山　萬盛草堂主人

陳福成　誌於二〇二〇年元月六日

中國鄉土詩人金土作品研究
——我與遼寧張云圻的《華夏春秋》因緣 目次

緒 論──中國鄉土詩人金土研究的因緣動機架構

為什麼要寫這本書？為什麼要研究吾國遼寧省綏中縣這位鄉土詩人金土先生？台灣和遼寧二省距離幾千公里？我和金土也從未見過面。這當中是有重要因緣，才有可能「牽起一條紅線」，結成今日的「好果」。

我一生以研究「中國學」為唯一志趣，從年輕到老所有的寫作研究範圍，文史哲教、政經軍心、戰略兵法等，幾全是中國學領域。二〇〇五年之際，我觀察兩岸和國際情勢，深感中國之崛起、我中華民族之復興與統一，已然是勢不可擋了。啊！中國人醒了，我當然也是醒的，但我更想做一些事。

想想，一個已經退休而年過半百的人能為我們國家民族做些什麼？我首先想到宣揚中國學（文化、詩歌、政論），這需要辦一份雜誌才行。於是，到處找人合作，二〇〇五年十月《中國春秋》雜誌季刊誕生了，第四期後更名《華夏春秋》。

這本雜誌每期印一千五百本，全部都寄贈，訂閱人極少，大陸寄贈每期是五百本以上，主要是大學、公家圖書館以及各種管道獲得的對象，台灣各單位、圖書館和個人約八百本以上。可惜，這個熱情到二〇〇七年元月《華夏春秋》出刊第六期，就以諸種「不可告人」的原因，正式宣佈打烊，正式刊出「無限期停刊」公告。

《華夏春秋》在台灣停刊後，大陸曾有文友來信，表示要在大陸復刊，我都表示「無條件同意」，並期許大家為吾國的崛起，為國家統一，做出一點點貢獻，成功不必在我，人生才有意義，才不會白走人間一回。能在祖國大地復刊，太讓人安慰了！

第一個復刊成功，是江蘇如東詩人高保國先生，《華夏春秋》大陸版復刊第一期，二〇一〇年五月出刊。但不久，高保國來信說「不妥」，我不清楚何謂不妥？總之，只出一期就停刊了。好像隔停刊後不久，遼寧綏中金土先生來信問復刊和條件等事，我態度都一樣。

也很快，二〇一一年七月《華夏春秋》報復刊第一期出刊，以後都正常出刊至今。這幾年來，我也慢慢看了金土的作品，了解他的人生經歷，驚覺他真是一個「傳奇性人物」，一個典範性鄉土詩人，這是我要進一步研究他的作品的主要動機。

這是由因緣牽成的動機，讓我要以「立傳」的謹慎態度寫這本書。因此，也要交待一下資料運用和研究架購。本書對年代和金土年紀，以出生當年為一歲算，金土的人生經歷活動事件等，都從他已出版的六本詩集，以及《華夏春秋》、《港城詩韵》、《詩海》等歸納出來。

全書架構，除本文、結論、年表外，概分六篇十八章。第一篇三章，研究金土的人生歷程和《華夏春秋》因緣，餘五篇每篇亦三章，針對他出版詩集的賞析研究，整本書控制在十二萬字左右。

由於資料獲得不易，他寄出的雜誌和華夏春秋報部份中途散軼，查證頗多困難。故，各項論述恐不易週全，都有待時間和機會，慢慢得以改進。再者，因簡體字轉換繁體字，可能有極小的錯失，人名的落差則很大，這部份也很難處理，只有讓歷史去解決。

對金土詩品寫出賞析研究等文論，至今尚只有大陸文壇詩界的作者，尚未見有「台灣人」或台灣作者。我以為，兩岸文人因背景不同，思維想法多少有些差異，我對金土詩的理解，或許可以代表一部份台灣詩人。

但我的研究也很難週全，因為金土出版詩集上看三千多首詩，每本都是數百首詩的大部頭。詩多範圍廣，我每本只能抓住幾條主線賞析論說，能舉例的只有極少數，研究之不足有待未來兩岸詩評家持續用功了。

第一篇 中國鄉土詩人金土與《華夏春秋》因緣

第一章　關於遼寧綏中詩人金土的傳奇（一）

當我根據手上現有文獻資料，金土的五本詩集，還有他擔任執行主編所辦的詩刊、報刊等，他的一些雜記散文詩歌，零零星星有金土在各年代裡的事蹟，也有他的詩友所寫，多多少少有些金土過往的歷史。我用我的「笨」方法，逐一細讀研究做筆記，建立他一輩子的〈年表〉，雖不夠完整，已能把握金土這七十多年來的歲月，有那些重要「事件」？有些事件是其人生「關鍵轉折點」。按此一原則，本文研究吾國這位傳奇詩人，可將其生命歷程分四個階段研究，讓讀者們（尤其台灣讀者、詩人），易於理解並清楚明白：

◎摸索與啟蒙階段：出生、童年、青少年、青年早期。從一九四二年出生到一九六〇年十九歲考入高中。

◎萬家公社接地氣、通民脈：高一輟學下鄉到當食品站長，此期間結婚、入黨、當會計、書記、站長。時間從一九六一年二十歲，到一九八九年四十八歲。這二十八年的「接地氣、通民脈」，是很重要的人生歷練。

◎從谷底飛向詩國理想境：萬家食品解體、生意慘敗、詩集出版、投入各種文學詩歌活動。時間從一九九〇年四十九歲，到二〇〇七年六十六歲，他構思要開始辦詩刊，用詩刊發揚中國的詩歌文化。

◎辦刊。創作。加緊寫詩：幾個詩刊誕生了，《華夏春秋》在他手上復刊了，詩集出版，拼老命日夜創作寫詩。時間從二〇〇八年六十七歲，到筆者開始寫這本書，二〇一七年八月中旬，他七十六歲。

一、摸索與啓蒙階段：出生、童年、青少年、青年早期

金土，本名張云圻，一九四二年農曆正月初五（陽曆二月十九日），出生在遼寧綏中一個普通農家。父張殿雨，母李桂珍。

「云圻」之名是母親取的（張母是算命家），金土一出生，母親算出五行缺土，請私塾先生找到土字旁的圻字。大長兄五行全，叫張云程；二長兄五行缺金，名叫張云銳，他當然就叫張云圻了。至於使用最多的「金土」，是七〇至八〇年代，他在《錦州日報》發表太多作品，副刊主編張乃堂與他商量，把

部份作品以別名發表。他們研議把圻字拆開，用其諧音「金土」，與原名張云圻輪換出現，避開連登之嫌。

張云圻和馬煥云這對傳奇夫妻，他們育有一子三女。長子張榮義，長女張乃凌，次女張百靈，小女張青岭，都已成家立業，他們兒孫滿堂，幸福美滿。

長久以來，金土也常用張騰月、中三奇、老金發表作品。關於他本名和多個筆名，在〈金土筆記三篇〉之一〈關於我的名字〉有詳細說明。（註一）前面提到張母是算命的，金土在多篇文章有回憶。（註二）他母親四歲目瞽，終生盲者，八歲時成為村裡一位姓傅的算命徒弟，十二歲開始走村串戶為人算命。張母甚有口才，思維邏輯甚佳，編出的順口溜有如金土初寫的詩歌，應用到算命，很受村民歡迎。因之，張母一生掙了不少錢，維持包括金土兩個舅三家二十多口人的生活，仍有節餘可蓋房置地，添車買馬。到土改之年，他家已算富裕，被劃為中農成份。對於這樣一位偉大的母親，還是個盲者，筆者在千公里外向她的英靈獻上真誠敬意。

金土在相同的兩篇文章也談到父親張殿雨。（註三）父親二歲時父母雙亡，三歲過給人家當養子，沒機會讀書。七歲時開始給財主放豬，十歲放牛，十七歲開始做長工，一直幹到一九四九年解放時四十九歲。三十八年當牛做馬生涯，累得他腰彎背駝。神奇的是，他父親記憶力超好，年輕時喜愛文藝，最喜歡聽唱戲，《馬寡婦開店》聽三個晚上，就能把劇中人物的詞、調、動作學得爛熟。過年過節換他唱給鄉親聽，成了鄉間聞名的「民間藝人」，也是一位了不起的父親。

對於二老，金土曾驕傲的說，「我的二老盡管其貌不揚，可都是十里八村出了名的大能人」，金土得到父母的好基因，加上自己的堅持、努力，成為今天神州大地上一個著名的鄉土詩人。

金土童年和筆者有些類似，他五歲常跟哥哥去放牛，我是跟哥哥放羊，他有不少憶童年的作品。一九四九年中國大地換了當家老闆，村里成立了學校，失學的孩子不論幾歲都進校讀書，約七八歲的金土入讀小學一年級。一九五一年時，母親為給大舅蓋房，才讀小三的金土輟學了，半年後才又復學。如是斷斷續續，一九五六年小學終於畢業了，此時有一個很讓人感動的轉折情節發生。

金土在小學都是全班尖子生，但那年中學考試，中等生都考上中學，金土卻落榜，小小心靈當然痛苦萬分，他內心有「我要讀書」的強烈渴望。按當時規定，未考上中學必須下鄉參加勞動，學校不同意他提出的復讀申請。他水路不通走旱路，他要自備桌椅，坐教室窗外聽老師講課，這可能是歷史上空前絕後的學習精神，還是一個孩子！老師學校怎不感動！為張云圻一個人開了綠燈。

復學不到一個月，金土全家喬遷東北最大城沈陽，因他兄長調到沈陽橋梁廠上班，但橋梁廠子弟小學不收轉學生，他被迫要重回鄉下母校復學，「我要讀書」是這孩子內心的渴望。就在他背起行李打算回鄉下時，有了轉機，橋梁廠的一位領導叫秦玉德，把孩子要讀書的精神向小學校長細說，云圻終於又入學了。小學畢業云圻順利考上沈陽鐵路中學初中部，在這初中裡，班上同學都不叫他張云圻，卻叫他「大詩人」，可見這孩子對詩歌文學，已經摸索出門道了，初中三年是他重要啟蒙階段。

初一時，他開始學寫詩，厚厚一本《李杜詩選》給他很大啟蒙。初二時，他是班裡最高領導職務─中隊主席；初三時，他帶領全班上山下海，對他影響很大的孟伯遜老師推薦他，去教工人業餘大學的古典文學，只是母親不同意。

初中這個階段的啟蒙，無疑的，是讓他走上詩人道路的重要關鍵。李保安在《皎潔的月光》詩集序文說：「金土從十五歲寫詩，就認識到偉大詩人屈原『路漫漫其修遠兮』的教誨，就立下了偉大詩人屈原『吾將上下而求索』的宏願，始終孜孜不倦，執著追求，辛勤筆耕，痴迷程度達到忘我的境界。」（註四）金土經常提到的第一首詩，是他仿李白〈望廬山瀑布〉寫的〈夜去沈陽〉。（註五）

馳車遙望滿天星，疑是銀河落城中。
我欲進城尋牛斗，進城卻見萬盞燈。

一九五七年十二月廿五日于沈陽鐵中

就是這首詩使他走上寫詩道路，後來這首詩讓他有了觀念上的轉變，到農村去落地生根。他回憶起這初學詩的心境，也用現代詩表達，〈愛上唐詩〉，「李白打個噴嚏／我患了一生感冒」；〈初學寫詩〉，「公雞下蛋／肚裡沒有—硬憋」，詩人幽自己一默。（註六）另在〈回憶〉一詩。（註七）

開始寫詩學李杜，不會創作會效尤。
你寫瀑布我寫燈，終於寫出詩一首。

這是人生的學習、摸索和啟蒙階段，金土的詩人宏願比一般人更早更成熟，方向單純而明確。一九六〇年金土初中畢業，順利考入高中就讀，他考入高中的第一篇作文，老師曾當做範文，拿到各班去讀。（註八）這時他應該是十八或十九歲，已儼然是一個青年作家，正設想著高中三年要好好精進。可惜天不從人願，他即將面臨一個更大的轉折，只能說「天將降大任於斯人也，必苦其……」。年輕的張云圻有智慧化危機為轉機嗎？

二、萬家公社接地氣、通民脈：下鄉、結婚、書記、站長

一九六一年春，張云圻還是高中一年級。全家的經濟和精神支柱的二長兄張云銳，他的工作從沈陽橋梁廠調到山海關橋梁廠，全家只好遷居生他養他離山海關十公里的萬家鎮王家村，不久父親也病逝。這兩件事都讓年輕的張云圻重新、慎重思考，人生到底要何去何從？

當學校知道他家要遷居山海關，班主任老師考量云圻是入學分配本班三個優等生之一，捨不得讓他離校，提出十二元助學金要留住他，當時學生伙食費月收七元五角。但張云圻想到母親年事已高，經常生病，須要人照料。再者，家庭經濟實在也困難，又想想自己寫的〈夜去沈陽〉詩，想法有了一百八十度轉變。開始有不想再追求學業的理念，而是要走向社會，走向廣大的農村，真實體驗生活，找尋詩歌創作的泉源，才能創作一流作品，實現偉大的詩人夢。

一九六一年夏，張云圻曾有兩次到老家鄉下探消息，見到生產隊長張玉和。他說：「歡迎你這個有文化的青年來插隊落戶，隊裡正缺一個好會計。」這句話讓張云圻第一次看到自己的尊嚴，第一次覺得自己對社會有用，更加堅

定放棄高中學業，下鄉落戶的決心。秋天，他領著母親，帶著姪女，一行三人來到小時候住的綏中萬家公社，王家大隊第六生產隊。這段故事，金土在〈母親〉一文有感性的回憶。（註九）從一九六一到一九八九年接萬家食品站站長，這二十八年是金土人生最重要的磨練，接地氣、通民脈都在本階段建立極深厚基礎。一位杜尚權先生在〈春蠶到死絲方盡〉一文，說金土回到祖籍綏中萬家鎮王家村，務農二十六年、當社員二年、果樹隊員一年、果樹隊長五年、小隊會計一年、小隊長一年、大隊文書三年、大隊書記十三年，不論那個職務，金土都帶著群眾幹活。（註十）杜先生就近觀察了解，定是比筆者知道更多金土的傳奇事蹟，用「春蠶到死絲方盡」形容他。

根據各項資料（文章、詩歌）所記，金土是在一九六三年元月十日，與小他四歲的生產隊婦女隊長馬煥云結婚，他們相愛一生，金土寫妻子的詩或情詩文章，真是不計其數。古今中外，詩人寫詩讚嘆妻子，金土鐵定是空前絕後了，人類歷史不會再出現第二例。

本階段金土的舞台全在萬家公社。一九六九年十一月十五日，萬家公社第六生產大隊改選，金土當上會計，一九七〇年五月擔任大隊文書，年底母親病逝。

金土在〈字字行行悼念深〉一文說，一九七二年七月一日，光榮地加入中國共產黨，實現多年來在黨旗下宣誓的願望；接著一九七三年九月二十四日，當選為大隊黨支部書記，成為王家大隊農業學大寨的領頭人。（註十一）金土天生就是積極幹活的人，當了領導他就更有機會大顯身手。金土提出「王家要大幹、王家要大變」做精神標語，大大的字掛在明顯的牆上，鼓舞士氣並預示將有「大躍進」，確實創造很多不凡的傳奇，在〈字字行行悼念深〉有深刻的回憶。這篇文章寫到金土妻馬煥云，除了操持所有家務，也是生產隊出色的婦女隊長，大隊黨支部看重她的才幹，又調她擔任大嫂隊長，專抓全大隊的計劃生育工作，這年她三十五歲。

王家大隊在金土帶領下，一九七七年正式被綏中縣委命名為「大寨式大隊」，這段時間乃至以後數年，金土和妻子馬煥云一起在大隊苦幹實幹，一個是書記，一個是大嫂隊長。金土有一首詩〈浣溪沙．觀鴿〉，寫二人出雙入對一起幹活的浪漫，**「雙雙對對栖窩裡，旋頭轉目咕咕語，一直嘮到我入睡。／夢中宛如回到家，我倆一同去大隊，歡聲伴著晨風吹。」**其實，這些大隊、書記、大嫂隊，到底是幹啥的？筆者並沒有深入去研究。但我讀他們相關文章、詩歌，金土多次「南方考察」，有時到處追欠款等，總而言之，大概就是搞農業、搞生產吧！

一九八六年六月一日，金土到綏中縣萬家食品站上班。站長李玉慶精明強幹，單位效益很好。但張云圻來了，更廣開財源，大搞多元經營，讓單位和職工賺飽了錢。金土被評為先進工作者，受到公司和商業局表揚，商業局黨委書張文貴在大會上高度讚揚他。一九八九年，李站長調走，金土接任了該站站長。

以上只略述本階段金土的「公職」歷練，在詩歌創作方面也正在起飛，在任何艱困環境也不會中止當詩人的夢想。一九六四年冬，金土的表姊夫李茂林就有詩讚金土，〈小小山村有李白：讚云圻〉，**「冬夜長長長挑燈，苦讀苦寫苦用功。小小山村有李白，多少好詩又寫成。」**（註十二）可見得今天的金土成為一代中國鄉土詩人，不是從天上掉下來的，半個世紀前他就苦讀苦寫苦用功了，加上背後還有他的妻馬煥云，無條件愛的支持。

一九七一年金土開始對外發表處女作，這年開始也是他工作最順利，家庭最興旺時期。次年，在紀念《毛主席在延安文藝座談會上的講話》徵文，他的詩被採用兩首，一首登在綏中縣文化館編選的小冊子首頁，一首在錦州市文聯編的《文學作品選集》裡。金土稱是勞動創作雙豐收啊！

這個階段金土的公務最多，充份接地氣、通民脈，不論在那裡幹活，都用詩歌寫日記，一邊追款，一邊寫詩，考察也寫詩，為公司打蘋果官司亦寫詩。一九八七年元月，金土為綏中縣食品公司，到哈爾濱打蘋果官司，當時有詩〈歲首別〉，「歲首別鄉別樣情，天飄白雪心流紅。樓裡人家頻舉杯，街上行者吞殘餅。奇異冰燈無心看，靜臥吸煙到天明。幸有邊君說暖話，愁苦心頭吹春風。」（註十三）這些詩記萬家公社和萬家食品生涯的點點滴滴，後經整理成金土的第一本詩集《張云圻詩歌筆記》，記錄著一個大時代的小歷史，卻是詩人生命歷程的大歷史。

註釋

註一　金土，〈金土筆記三篇〉，《港城詩韻》總第三期（遼寧綏中：港城詩韻文學社，二〇一六年九月），頁一五六—一六〇。

註二　有關金土母親李桂珍的事蹟，可見金土以下二文：灱《情愛集》的〈代後記〉，北京：中國文聯出版社，二〇〇九年五月，頁五三九—五四六；物《張云圻詩歌筆記》的〈作者小傳〉，吉林攝影出版社，二〇〇三年二月，頁三六二—三六六。

註三　同註二兩本書。

註四　李保安，〈月光過後是早晨—序金土詩集《皎潔的月光》〉，金土，《皎潔的月光》（北京：中國文聯出版社，二〇〇六年元月），頁一—六。

註五　金土，《啊，故鄉》（北京：中國文化出版社，二〇〇四年八月），頁四五五。

註六　金土，《病中詩筆記》（北京：華夏出版社，二〇一六年三月），頁二五三。

註七　同註五。

註八　金土，《皎潔的月光》，頁三八七—三八九。

註九　金土，〈母親〉，《港城詩韵》總第六期（遼寧綏中：港城詩韵文學社，二〇一七年六月），頁四四—四六。

註十　杜尚權，〈春蠶到死絲方盡〉，《港城詩韵》總第三期，頁一四九—一五四。

註十一　金土，〈字字行行悼念深〉，《華夏春秋》報總第二十期（二〇一七年三月），第四版。

註十二　李茂林，〈小小山村有李白—讚云圻〉，《張云圻詩歌筆記》，頁三六八。

註十三　金土，〈歲首別〉，《張云圻詩歌筆記》，頁六二。

第二章　關於遼寧綏中詩人金土的傳奇（二）

金土在〈我妻逝後的筆記詩文〉一文，提到他和愛妻這輩子所面臨的起落，一九七一到一九九一年算是「亦甜」日子，二〇〇二到二〇〇七年算是「亦苦」日子。（註一）這亦甜日子在前個階段裡，夫妻每天一同上下班，「我倆一同去大隊，歡聲伴著晨風吹」，甜蜜啊！而那亦苦日子就在本章範圍內，金土人生經歷的第三階段。

三、從谷底飛向詩歌理想國：慘敗後連出版三本詩集

這個階段的金土是有點年紀了，中年到初老（一般以滿六十五歲為「老人」定義），一九九〇年四十九歲，到二〇〇七年六十六歲。

本階段的前幾年，確實是多事之秋，定會讓人一顆心沉到谷底。先是一九九三年十一月一日，金土上班的國營單位—綏中縣萬家食品站被食品公司賣

掉，單位正式解體。筆者不很清楚這個「賣掉」的完整定義何在？可能是改革開放「民營化」的過程（或結果）。但我判斷，食品站被賣了，金土這站長不就失業了。

於是，接著一九九四年九月，金土包了外行生意，由昌黎工程隊手上承包山海關開發區兩棟樓的水暖活。這「水暖」是啥？應該是虧本了，以前的老同事還上門討帳。為這些「鳥事」，金土有日記，〈七言詩〉，**「單位黃攤地收回，斷了皇糧費思慮—孰云瞪眼瞎胡造？將來定能創大績。南郭改行做水暖，挺險雖成款難追。甲方坑乙乙騙丙，我也不是好東西！」**以及用現代詩述說的〈如夢令〉。（註二）

老曾、水暖、玉秸，
好比三條繩索，
將要勒死我。
不願與人訴說。
訴說，訴說，
玩命也要解脱！

這兩首詩，「地收回」是指金土家一九八五年農轉非後，承包田被收回。「斷了皇糧」是一九九〇年地區不再供應非農人口的商品糧。「老曾」是金土一個朋友，借了一萬元就逃之夭夭。

一九九九年更出了大事，因工人周作本被機器打傷右臂。勞動局仲裁金土負責二萬元工傷費，未及時送到，被法院強制執行。這年六月七日住進綏中監獄，當時有詩記錄這沉到谷底的心情，〈西江月〉，**「淒淒慘慘戚戚，欲問幾時能極？人間剛別最成悲，識盡懮愁滋味。∥回首當年英武，笑抹兩汪清淚。人生好比一場戲，苦辣酸甜有趣。」**（註三）這詩中引用了李清照〈聲聲慢〉、韓元吉〈曉天霜角〉、姜夔〈鷓鴣天〉、辛棄疾〈丑奴兒〉等詞句。但這所謂「住進監獄」，語意不很明確，算不算「坐牢」？坐多久？無論如何？進監獄當然是不好的事。

二〇〇二年發生一件事，讓金土夫妻「亦苦」了好多年，他在〈我妻逝後的筆記詩文〉有詳細回憶。（註四）金土眼看著退休在即，本應在家過悠閒的日子，卻為了想要多賺點銀子，與長春一個大款合搞玉米秸粉加工出口南韓，考量不週，有點蠻幹，慘敗收場。加上金土家是修建京沈高鐵的動遷戶，正為新居蓋二層小樓；加上兒子離婚再婚；加上一生迷戀詩歌，自費三年出三本詩集（前三本），家庭經濟大透支。挨到二〇〇七年，已欠下廿一萬元債，債主登門要錢，還把家裡的摩托車和三碼車拿去抵債。這些事情也給心愛的妻子帶來痛苦。

所有欠下的債，在夫妻同心攜手努力奮鬥，終於在二〇一二年正月全部還清。金土後來對已在天上的妻說：「我的妻啊！我將把對妳的感激當作動力，堅定寫詩，繼續辦刊，回報黨和國家，還有我們這個美好的社會。」

苦難有時讓人成長，甚至頓悟。藝術家黃秋聲在序金土《啊，故鄉》〈尋找詩的家園〉一文說：「作者從一九五七年十二月二十五日的處女作〈夜去沈陽〉，到二〇〇二年十二月二十五日結集出版，『半生索句』四十五年，索到一個奇妙的自我發現：『**買花要買最香的花，敲鑼要敲最響的鑼，吃魚要吃剛捕的魚，採蘑要採新鮮的蘑，寫詩要寫奇妙的詩，卻把筆記寫成詩歌。**』」（註五）這是領悟、頓悟，二〇〇三年開始，金土全部精神、時間，都為詩歌奉獻，寫詩、創作、出版、辦刊，參加有關詩的各項活動。在本階段最後四年裡，金土連出版三本詩集，《張云圻詩歌筆記》、《啊，故鄉》、《皎潔的月光》，三本詩集將近二千首詩。光是二〇〇三年五月到二〇〇四年五月，他就寫了一千多首。每日眼見、耳聞、心思、行腳都是詩。二〇〇三年十一月二十四日，航天英雄楊利偉回到故鄉綏中，金土詩記：「**英雄回家家沸騰／旗林花海都是情／探望母校誇赤子／歡呼歡慶歡滿城**」，還有如〈宇宙開發〉一詩。（註六）

珠穆朗瑪是我高聳的骨骼
黃河長江是我奔騰的血管
星星是我明亮的眸子
太陽是我火熱的心

問我是誰
二十一世紀的中國公民
跟隨航天英雄楊利偉
去打開宇宙的大門

首先要開發月球
嫦娥一定歡迎家鄉來的貴賓
然後和吳剛談談
要建設而不是要砍伐那片桂林

接著要開發火星

成為那裡的第一批居民
給太白金星打個電話
不久將去他家串門

什麼美國、俄羅斯
誰不羨慕炎黃的子孫
讓五星紅旗插遍所有天體
無處不奏響〈東方紅〉的歌音

金土的詩歌就是這麼豪邁、壯麗，且又很自然，極為生活化，詩意涵深刻，有無限的想像力。這首詩也很能鼓舞民心，凡是中國人讀必會共鳴，產生激勵的動能，以身為中國人、中華民族之一員感到光榮。

金土也開始積極參加有關詩歌文學活動。二〇〇四年三月加入「中國鄉土詩人協會」，十一月加入「遼寧省作家協會」，十二月加入「中國詩歌協會」。這年，擔任《中國鄉土詩人》編委和首屆「雷池杯」獲獎作品編委，他的詩歌舞台壯大了，名氣也來了。二〇〇五年元月十八日起，連三天，綏中縣電視台等三家新聞媒體，報導「金土傳奇」並介紹他的作品。此事在當年綏中縣，可是「轟動武林、驚動三教」的事。同年四月二十八日，北京《新國風》編輯部來了〈賀信〉，通知金土作品〈家之歌〉和〈鄉組詩〉，被評為中國北京國風傳統端陽詩人節之新國風大獎。（註七）六月十日，李保安、李光和金土三詩友，到北京領大獎，這三人後來都是《凌云詩刊》的創辦人，一起共建詩歌理想國。

二〇〇六年，金土在葫蘆島市《中國鄉土詩人》做編輯工作，他好想在故鄉綏中辦第一個詩刊。不久他回到綏中，與李光在《新國風》、《江海文藝》、《江海文藝東北版》、《青春文藝》、《紅高粱》等五刊物中，建立「綏中詩群」，為後來創辦《凌云詩刊》做準備。

而此時，由筆者在台灣所辦的《華夏春秋》已發行到第五期，二〇〇七年元月第六期出刊即停刊。每期寄大陸五百本，金土可能都收到，我和他的今生因緣（應有前世因），就這麼連接起來了。（第三章詳述）

四、辦刊、創作、加緊寫詩：幾個詩刊誕生了

本階段金土真的有些年紀了。二〇〇八年六十七歲，到二〇一七年七十六歲。再者他身體狀況也欠佳，一些老人病慢慢浮現，糖尿病、高血壓都找上門。二〇一五年五月，還因慢性肺結核住進綏中醫院，八月又患十二指腸潰瘍。這

些一不小心就會要老命的，可金土堅持辦刊和加緊寫詩是人生最後的「春秋大業」。這就像一個忠貞、典型的軍人，堅持戰死沙場，馬革裹屍而還，讓人生可歌可泣，乃至可以驚天地泣鬼神。

第一個誕生的詩刊是布局很久的《凌云詩刊》。二〇〇八年三月一日，凌云詩社社長李大興召開全體社員會議，宣佈今年要出版一本歌唱家鄉的單行本。社長有作為，社員要更積極，金土按捺不住心中激情，長久渴望要「立足本土，走向全國，打入世界文化市場，辦個像樣的刊物。」金土看準時機提出這個構想，立刻得到所有會員的支持和讚同。五月二十八日，凌云詩社名譽社長李保安、社長李大興和社員再度開會，金土號召大家「慷慨解囊」，有力出力，有錢出錢辦刊，立刻得到全體人員響應。這年八月三日，《凌云詩刊》創刊號誕生了，金土擔任執行主編，金土在〈真沒想到〉短文記錄詩刊的誕生。（註八）真沒想到，金土永遠都想要創造奇蹟，每隔一段時間，他總會讓人驚奇的「真沒想到」！

《凌云詩刊》創刊後有所改變，二〇一〇年元月更名《詩海》，不久改《詩苑》。二〇一五年春節，會員的「詩苑詩刊座談會」，金土報告《詩苑》更名《港城詩韻》，全體通過，到二〇一七年都正常出刊，刊名多所更動，執行主編始終金土擔任。

第二本也算在金土手上「誕生」的刊物，是筆者在台灣停刊的《華夏春秋》，二〇一一年七月，金土推出大陸復刊第一期。（下章專論我的《華夏春秋》和金土因緣之始末）

本階段金土有兩本詩集出版：二〇〇九年五月的《情愛集》、二〇一六年三月的《病中詩筆記》。這也是「真沒想到」，大家生病就躺床等人侍候，金土生病寫了幾百首詩，他心中大概想著「以詩治病」吧！二〇一七年八月他正準備出版第六本，可能也是奇蹟。

金土也積極於參加或促成詩的活動。二〇〇八年十月到長沙參加「中國第二屆國風文學節」，順道參觀毛澤東故居。二〇〇九年四月到石家庄開「中國鄉土詩人」年會，這年金土也促成「第八屆中國詩人節」，同《凌云詩刊》一週年在綏中召開。

二〇一〇年六月，到湖北鍾祥參加「中國鄉土詩人年會」；九月參加北京《新國風》召開首屆毛澤東詩詞節會議。後幾年的鄉土詩會，金土也大多與會。

二〇一二年「全球華人新詩獎」，金土得獎，他到福州接受大會頒獎。此後的時間，金土大約全用在寫詩和編務，主要是《港城詩韵》和《華夏春秋》兩刊。金土「積極加盟詩詞組織，多方拜師，廣交詩友」，這些年來被聘任為數十種文學刊物的職務，如特約采編、聯袂主編等，還有理事、副主席等職。

（註九）這些多少也要佔用少許時間，他「甘當人梯」。

二〇一六年十二月二十九日，農曆丙申臘月初一，金土夫人馬煥云病逝，享年七十歲。最傷心是金土了，他寫了很多很多、空前絕後多的詩，懷念紀念他最愛的人，多麼真性情的詩人。就是這難過的一年裡，四期《港城詩韻》和三期《華夏春秋》都照常出刊。

對於「金土研究」這個功課，我本是不急的，構思二〇一八年春開始慢慢進行。但我看了他《病中詩筆記》有了急迫感，開頭語這麼說，**「莫提乙未年，差點去陰間。見到閻王爺，苦求才又還。」**（註十）在〈後記〉有位趙鴻德的讀後說，**「一載病魔纏，進了閻王殿。詩壽還沒盡，故又被放還。」**（註十一）很難說下回閻王爺不放人，這是很可能的。《港城詩韻》第三期有一首〈隨想〉。（註十二）

月圓月又缺，日落日還出。
江水流不斷，有流就有枯。
去年七十四，今年七十五。
人生倒計時，已到這時候。
趁手能拿筆，每日寫不休。

文常一千字，詩曾十三首。
自信人會死，化作一抔土。
更信好的詩，能夠永不朽。

真是拼老命寫啊！但「人生倒計時，已到這時候」，也太感傷了，好像金土先生隨時要走人的樣子，我心頭便升起急迫感，覺得「金土研究」要盡早進行。最近他有一首詩，看起來讓人鼓舞，不再那麼感傷。他以「中三奇」之名發表，〈生活把我砥礪〉。（註十三）

迎來滿天的霞輝
能夠到達幸福的彼岸
只要堅持下去
我相信
生活把我砥礪
多少年了呵
曾劃傷我的身體
在刀山上跳舞

曾燒焦我的道具
在火海裡表演

中三奇．二〇一七年二月二十二日

是啊！在刀山上跳舞，在火海裡表演，金土有這個能耐，他所以成為傳奇的原因。筆者以兩章簡約疏理金土的傳奇故事，其實有很多事我不知道、不清楚、不明白的，我們相隔千里，兩岸又有很多不便。所以這兩章是不足的，可能也有一些錯，有待未來改正。

本文結束前，再說一件金土空前也必定絕後的神奇傳奇，就是他和妻子馬煥云的「愛情」，怎能維持一輩子？數十年的愛都濃得化不開，一生寫妻的情詩可能數百首。西方有個「定律」，「婚姻是愛情的墳墓」（其實每個社會差不多），結了婚愛情就不見了，能還有恩義或責任在已算「幸福」！金土夫妻的愛情傳奇實在是足以傳世，乃至拍成電影的傳奇故事！

「如有來世，我倆還做夫妻／二度人間美好的時光／我還寫詩，還用那支生花妙筆／把我倆的愛情歌唱」，金土在〈懷念我的妻子〉一詩之末了，如是向天上的愛人告白。（註十四）

註釋

註一　金土，〈我妻逝後的筆記詩文〉，《港城詩韻》總第五期（遼寧綏中：港城詩韻文學社，二〇一七年三月），頁一五一—一六〇。

註二　金土，〈七言詩〉、〈如夢令〉，均見《張云圻詩歌筆記》（吉林攝影出版社，二〇〇三年二月），頁八六。

註三　同註二，頁八五。

註四　同註一。

註五　黃秋聲，〈尋找詩的家園〉，金土，《啊，故鄉》（北京：中國文化出版社，二〇〇四年八月），頁一—八。

註六　金土，〈宇宙開發〉，《啊，故鄉》，頁九一—九二。

註七　〈賀信〉，金土，《皎潔的月光》（北京：中國文聯出版社，二〇〇六年元月），頁四四六。

註八　金土，〈真沒想到〉，金土，《情愛集》（北京：中國文聯出版社，二〇〇九年五月），頁五一四—五一五。

註九　馬長富，〈縱觀創作歷程談對金土印象〉，《情愛集》，頁一四—一九。

註十　金土，《病中詩筆記》（北京：華夏出版社，二〇一六年三月），頁三。

註十一　趙鴻德，《病中詩筆記》讀後感之一，同註十，頁四六一。

註十二　金土，〈隨想〉，《港城詩韻》總第三期（遼寧綏中：港城詩韻文學社，二〇一六年九月），頁六〇。

註十三　中三奇，〈生活把我砥礪〉，《港城詩韻》總第五期（遼寧綏中：港城詩韻文學社，二〇一七年三月），頁一四四。

註十四　金土，〈懷念我的妻子〉，《港城詩韻》總第五期，頁四五—四六。

第三章 我和金土《華夏春秋》的因緣

二〇〇五年之際，正是中國歷史上排名第一的大貪官陳水扁帶領一批「台獨偽亂邦」，騎在台灣人民頭上灑尿玩弄權力以「五鬼搬運」搞錢，而人民則在水深火熱中無理性的大沸騰。南蠻小島已成亂邦，統派或一些忠臣義士，無力可回天，眼看一群台獨、漢奸公然橫行，生活很苦悶，很多人很希望乾脆武統，長痛不如短痛！

但這種困境也並非二〇〇五年之際才開始，早在十多年前大漢奸兼老蕃癲李登輝就開始明幹暗幹，搞親美媚日，搞去中國化，要把台灣搞成美日的「文化殖民地」。這種事很恐怖，所謂滅人之國先滅其文化，在兩蔣時代，「我是中國人」是社會上極普遍的共識，我是中國人也不會成為「問題」。經過二十多年台獨漢奸領導階層的政治操弄，年輕一代受到長久「洗腦」，現在幾乎沒有人敢公開說「我是中國人」。只剩下少數像筆者這種「生為中國人、死為中國魂」的人，敢於公然如是說法，我的每一本出版著作在封面內摺頁都有這句話：

「以生長在台灣的中國人為榮」。

台灣的困境讓人悲觀，祖國大陸的快速崛起則讓人樂觀，我深研吾國五千年大歷史，了解二千多年來中國分分合合的「定律」，中原政權強大則國家一統，邊陲地區資源人心回流；中原政權衰弱則國家分裂，資源人心又流向邊陲，甚至向更遠處四散。這是中國歷史發展的軌道，大史學家黃仁宇所說：「大歷史不會萎縮」，就是指中國歷史發展的規律性。（註一）黃仁宇是我黃埔老學長，也是國際著名大史學家。因此，我知道兩岸的統一是必然性的大趨勢，隨著中國的崛起，越來越繁榮壯大，總體國力已快大到可以阻止美日邪惡勢力染指台灣，距離統一就不會太遠了。我在《中國春秋》創刊號有一篇論文，〈中國統一的時機快到了〉，就是從地球有史以來的大國興衰法則，論述我的觀點。（註二）

中國必然在不久後重回大一統局面，這也不是二〇〇五年我才知道的事。早在我的學生時代（高中、大學），我對中國歷史就有興趣，歷史老師最常說的一句話，是「中國歷史合久必分、分久必合」。那時對這樣的認識，根本已是基本常識，只是不懂得潮流、大勢，不懂更深處有微妙的國際關係。

在吾國統一之前夕，像我這樣有強烈中國人意識的文弱「書生」能做什麼？起心動念間，其實和金土在二〇〇六年在葫蘆島市《中國鄉土詩人》做編輯時，好想在故鄉綏中辦個像樣的詩刊，心態（或理想）是一樣的。我也是經過長時間運作、聯繫、準備，一個雜誌型刊物才誕生的。從在台灣誕生、停刊到大陸復刊，分三階段簡述。

一、台灣《中國春秋》改《華夏春秋》到停刊

準備經過細節不必贅言，二〇〇五年十月《中國春秋》創刊號誕生，登記許可的名稱《華夏春秋雜誌社》，刊物名和單位名不同。即按計畫，大陸寄贈五百本，主要是大學和公家單位圖書館，還有可以取得的個人對象。台灣寄贈八百本，管道亦同，留二百本給合作的朋友運用，希望發揮預期的作用。

創刊號最重要是宣示辦刊理念和宗旨，以期得到更多支持和贊助，尤其是銀子最需要。所以我在〈創刊者話：為什麼要創辦本刊？創刊夥伴們的信念〉一文，詳述了前因後果。略說重點如次。（註三）

……說到重點，不為賺錢，到底為何？答曰：「信念」。甚麼信念？曰：「堅持中國核心價值，宣揚中國學理念與信念。」面對廿一世紀，台灣不論那一黨派，國際上不論反中或愛中，對於崛起的中國，都需要去了解中國。中國學的「市場」愈來愈大。本刊乘中國崛起之勢及統一契機，率先在台灣豎起中國學之大旗……創辦人陳福成先生是一個「黃埔人」人。

他和兩岸許多黃埔青年一樣，從少年時代開始便投身黃埔，為中國的統一、繁榮、獨立、強大與現代化而努力，半生走來始終如一……昔日的老夥伴們，不必氣餒，以筆為槍再出發，情勢已大為有利……本刊名《中國春秋》，其中「春秋」二字有「中國一貫道統的春秋義」，即「孔子成春秋而亂臣賊子懼」。合於春秋大義者，我們衷心禮讚；逆於春秋大義者，如台獨漢奸，我們口誅筆伐之……

另〈本刊宗旨與展望〉亦有幾點說明：㈠舉凡對中國的認識了解，對中華文化的獨門心得，在神州大地的遊蹤足跡，中國文學詩歌推展，都是本刊樂於宣揚。㈡本刊是全世界所有中國人的平台，讓我們在中國崛起過程中，一起「以筆為槍」，促進和平統一運動，並向西方「中國威脅論」者反擊，批判美國為首的西方霸權主義，制壓日本軍國侵略主義。犴中國學包括歷史文化的中國，及現代中國（大陸、台灣、外蒙古、琉球群島、南海等領土內）一切事務之研究。

創刊號的稿源都來自筆者個人關係。第二期開始有大陸作者，高保國是從二〇〇六年四月出刊的第三期，刊出〈盼〉和〈那是你〉兩首現代詩。這年他好年輕，才三十九歲。（註四）現在應該五十歲了。後幾期也有高保國作品，再後來我們也通了幾封信。

第四期刊名改《華夏春秋》（二〇〇六年七月出刊），大陸作者比前期多了，

周興春、雁翼、郭貴勤等。為何改刊名，我想這不難理解，夥伴的建言總要顧及。第五期按時出刊，大陸作者亦較多。

《華夏春秋》第六期於二〇〇七年元月出刊，同時在首頁刊出「停刊」公告，這本每期約百頁的綜合型雜誌永遠在台灣停刊了。為何停刊？不外是人和錢，每一期印刷和郵費要六萬多元，找不到錢源只好停刊。

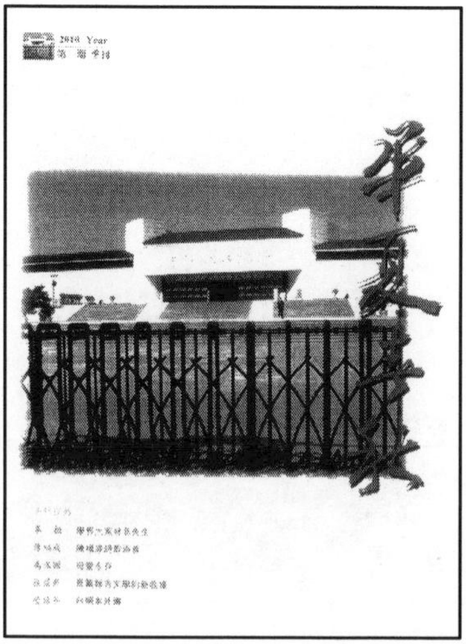

二、江蘇如東作家高保國《華夏春秋》復刊一期

江蘇如東作家、詩人高保國先生，在前面六期《華夏春秋》有一些作品，每期都會收到刊物。停刊後的二、三年間，我們已然是文友，也相互通過幾封信，他有意在大陸把《華夏春秋》復刊，也問我「條件」如何？我一貫態度都是「無條件」，歡迎任何人在大陸復刊。那時我聽人說，大陸找錢比較容易，作家詩人辦刊都可以得到政府資金支持，所以我大大鼓勵他復刊。

終於江蘇如東版《華夏春秋》季刊，在高保國努力下二〇一〇年五月第一期出刊了，不久我收到，三十二頁詩和文論為主。除我和高保國作品，金土有一首六段八十三行的長詩〈寫給母親〉，可見金土和高保國應該是認識的詩友，知道《華夏春秋》事，和後來金土的復刊有些因緣。金土這首〈寫給母親〉很引我注意，僅賞讀其詩之第一段。（註五）

如果把生活比做一條河，
就可把我的母親比做一條魚。
她一輩子生了三個兒子，
都是不成器的泥鰍。
我的大哥—大泥鰍，
就會打工，早已上了老板的餐桌；
我的二哥—二泥鰍，
就會蹬神牛，
過著像雲一樣亂游的生活；
我是一條最小的泥鰍，
更無本領，與其說還沒走向社會，
不如說還在泥裡鑽著

註：運載客人的三輪摩托車，在金土家鄉，被戲稱「神牛」。

這首詩太有趣了，這「老板」是誰？大家猜，誰又「更無本領」？讓我想起一個大名頂天的歷史人物也說自己「全無本領」，他是晚清大臣曾國藩，他在〈致沅弟書〉這麼說：（註六）

> 兄昔年自負本領甚大，可屈可伸，可行可藏；又每見得人家不是。自從丁巳戊午大悔大悟之後，乃知自己全無本領，凡事都見得人家有幾分是處。故自戊至今九載，與四十歲以前迴不相同。大約以能立達為體；以不怨不尤為用……

曾國藩的「全無本領」說，真是大智大慧者，在人生道路上領悟到的「真金白銀」。一個人要修到「乃知自己全無本領」，需要經過多少時間歷練加上智慧領悟？金土悟到自己「更無本領」，已然六十九歲。

高保國的復刊第一期收到不久，我收到他寄來一封信，大意說「復刊恐有不妥」，必須停刊。我不清楚「不妥」之意，可能涉及法律關係，或其他原因（如政治、資金等），總之就是停刊了。

三、遼寧綏中詩人金土《華夏春秋》復刊新紀元

如東版停刊後不久，金土先生和我聯絡上，我們也通了幾封信，他辦的刊物有時零零星星我也會收到一些。他的詩集也都會給我，我的作品也會寄給他，他刊載一些在他編的刊物上。幾年前，他要我贈些書給綏中縣縣長羅建彪，我寄贈幾本自己的書，也收到縣長大人的謝函。

約二〇一一年春，金土來信問復刊「條件」如何等？我一以貫之回函說「無條件」。很快這年七月，我便收到《華夏春秋》報總第一期，是報紙型詩刊，編得很精美，大陸、台灣各名家作品都有。

往後幾年，這報紙型詩刊按時出刊，每年三或四期不等（有時中途丟了、我未收到）。有一陣子他似乎有困難或生病，我勸他不要太堅持，別編了，身體搞壞了。他仍堅持辦下去，二〇一四年春他來信說要把報紙型升等，改詩刊本發行，我慎重的回了如下這封信。（註七）

金土2011年7月在大陸復刊第一期

给大陆诗人金土先生的信：关于《华夏春秋》诗刊在大陆开办说明

大约近十年前，理解到中国的崛起和统一之势，已然不可逆，并极可能在二、三十年内完成实现，使“廿一世纪是中国人的世纪”真正来临。身为住在台湾的中国人，要为吾国、吾中华民族做些什么？我从文化上手，开办《华夏春秋》杂志，每年四期，每期赠台湾各界一千本，赠大陆各界五百本。当时的宗旨和展望是：

第一、积极宣扬中华文化，用文学诗歌、现代（传统）诗等各种表达方式，体现中华文化之美。

第二、以“中国学”为核心思维，向两岸人民推展对吾国吾族历史文化的了解，我们须要认识自己。

第三、“中国学”包含所有和吾国吾族相关的政、经、军、心，涵盖当代与吾国有关的亚洲和国际问题。

第四、中国学的核心思想是春秋大义、仁政、正统和统一。（此即孔子在《春秋》及春秋三传之核心思想）

第五、《华夏春秋》是中国人的共同舞台，我们“以笔为枪”，向西方“中国威胁论”者反击，批判美国为首的西方霸权主义，制压（消灭）倭国军国主义者。

《华夏春秋》创刊号，在二〇〇五年十月出刊，有两岸作家、诗人发表数十篇作品。可惜只发行到第六期即因种种原因停刊（注：前三期刊名《中国春秋》,后三期刊名《华夏春秋》)。

《华夏春秋》在台湾停刊后,大陆曾有诗人、作家朋友来信问我,要在大陆复刊,问我意见。我均答以"我乐观其成、无条件、成功不必在我、我们应为国家统一、民族复兴做出一点贡献等",后来复刊均未果。

直到几年前,辽宁绥中的中国《诗海》金土先生,来信问我他要复刊,我亦如上回答。终于,金土先生真的在大陆把《华夏春秋》复刊了,也宣扬了中华文化的文学诗歌之美!我很感动!每一个中国人,每一个炎黄子孙,都应该思索,大家来到神州大地走一回,人生苦短,你到底为吾国吾族做了什么?

不久前,我收到金土先生于二〇一四年四月十五日的信,告知《华夏春秋》要从报纸再开办诗刊,我当然支持,也没有任何指导意见,成功不必在我。任何诗人、作家朋友,不论在台湾或大陆,我都期勉能为吾国吾族做出小小的贡献,人生才没有白走一趟!

末了,我预祝增办《华夏春秋》诗刊顺利成功,诗海的作家、诗人们身体健康,作品如涌泉。附带一提,我寄给金土先生的作品,均无条件给你引用,做任何须要之用,我的作品完全合乎前述五大宗旨。耑此 再祈愿

《诗海》及各位诗人作家万事如意!

积极宣扬中华文化!

两岸交流顺利,早日和平统一!

我因近月忙于台湾大学诸多杂务,延迟来信,请见谅。

弟陈福成

草于台北 二〇一四年五月廿三日

金土個性應該和我很相近，生物演化有個重要法則，「物以類聚」，佛法上說「緣起則聚」，所以我和他才會有今世這段緣，我們同屬幹活很積極的人種。

我回他那封信後不久，厚達一百五十六頁的《華夏春秋》大陸版第一期（二〇一四年六月）出刊了。我檢視詩刊的人物編組，筆者仍是社長，總編葉春秀，總監馬長富和高保國，主編、副主編和編委列了不少人，最重要的靈魂人物特聘執編是金土。從以上人事看，金土和高保國應有不錯的友誼，對《華夏春秋》在大陸的停刊和復刊，或許他倆有所商議，我就不清楚了。同年九月，第二期出刊，也是一百五十六頁，包括數百名家的作品。我從未再收到第三期以後的，原因不明。

但報紙型的《華夏春秋》詩報始終正常出刊，有時也用筆者作品補白，總第二十期（二〇一七年三月）第三版，驚奇看到「台灣著名詩人陳福成作品專版」，全版刊出筆者十一首詩。（註八）我特要一述，這十一首詩之一的〈因為死人，世界才美〉一詩，金土用來與逝世的妻子「共勉」，也是一種人生之悟。

金土在〈我妻逝後的筆記詩文〉有一段話。（註九）

我妻老了、死了，我孫成長起來了，應看作長江後浪推前浪很正常，予以理解。否則，我妻她就很難讀懂台灣著名詩人陳福成在〈因為死人，世界才美〉一詩中寫的，「若我們永遠都不要死／政府很快就垮台／乃致亡黨亡國／又壓死了地球」的深刻內涵與重要意義。

筆者「全無本領」，只是當時突發奇思，用幽默筆調寫了這樣的詩，金土亦有所感悟，用來說給已在天上的妻子聽。這首詩在台灣發表，也得到一些詩友共鳴。因此，整首抄錄如下，也算是我和金土的一種「緣起」，也請兩岸詩人賜教。

我們是有史以來所有的死人
我們與高采烈開著地下轟趴
慶祝我們對全人類的貢獻

喜歡做人的又去投胎轉世
有的去了西方極樂世界
須要再教育的被送到地獄去苦修
但無論如何
因為有死人，到處死人多
這世界才顯得真善美

我們到了該死的時候就走人
路上才不會滿路百歲千歲萬歲人瑞
糧食才夠吃，房子才夠住
空間才夠用，淨水才夠喝
錢財才夠花
老人年金才永續有得發
社會才有活力
世界才美麗，而最重要的
兒孫才不會太辛苦
政府才不會垮台

若我們永遠都不要死
政府很快就垮台
乃至亡黨亡國
又壓死了地球

因此，所有死人一致認為
救國家民族，救世界，救社會
舍我等死人誰其能？
所有死人也漸漸有一種看法
社會要和諧，世界要和平
現在所有活著的人必須盡快死光光
才是世界之至美

這樣題目只能「詩」說，不能對人說，更不能對個別對象說，可能會引起人際間不愉快或誤會。就像李白「白髮三千丈」詩，只能心領神會，自己思索領悟道理，不必在人際間解釋或爭議，和我那詩同樣，世間根本不存在的事，不過是詩人的想像、幻境！

我的「金土研究」在第一篇裡，前兩章大約整理成「金土簡傳」，資料太少，可能還有很多金土的人生大業沒有寫到，未來有機會再補充了。

這幾年金土身體欠佳，我從他的詩文可以感受到他內心的急迫感，也牽引了我內心的急迫感。所以我的金土研究就加快了腳步，我雖詩寫〈因為死人，世界才美〉，回到真實的世界裡，金土不死，綏中才美！世界才美！他至少要九十幾後才走人，還有很多東西沒寫完呢！

註　釋

註一　黃仁宇，《大歷史不會萎縮》（台北：聯經出版事業有限公司，二〇〇四年九月）。黃仁宇（1918-2000），一九一八年出生在湖南長沙，天津南開大學肄業，一九四〇年成都陸軍官校畢業，一九四七年美國陸軍參大畢業，一九六四年美國密西根大學歷史學博士，軍職幹到少校，學術上大放異彩，成為一代史學大師。著作等身，本本是名著，如《中國大歷史》、《萬曆十五年》、《大歷史不會萎縮》等。

註二　陳福成，〈中國統一的時機快到了〉，《中國春秋》創刊號（台中：華夏春秋雜誌社，二〇〇五年十月），頁五—七。

註三　陳福成，〈創刊者的話：為什麼要創辦本刊？創刊夥伴們的信念〉，同註二，頁一一—一二。

註四 高保國，〈盼〉、〈那是你〉，《中國春秋》第三期（台中：華夏春秋雜誌社，二〇〇六年四月），頁四九。

註五 金土，〈寫給母親〉，《華夏春秋》江蘇如東版第一期（華夏春秋雜誌社，二〇一〇年五月），頁七—九。

註六 從智慧手機，「古哥」鍵入「致沅弟書」，便可找到全文。

註七 陳福成，〈給大陸詩人金土先生的信〉，後刊載於《華夏春秋》詩刊（大陸版）二〇一四年第一期（總第一期），頁五—六。

註八 《華夏春秋》總第二十期（二〇一七年三月），第三版「台灣著名詩人陳福成作品專版」十一首詩是：〈因為死人，世界才美〉、〈一顆淚〉、〈他是死人嗎？〉、〈詩人是一只火鳥〉、〈別抹黑鬼〉、〈老夫妻〉、〈把空間剝光衣服〉、〈給老夫一個住的地方〉、〈陰間有酒喝嗎？〉、〈仁兄醉酒〉、〈人生〉。版面還放一張照片，當時我任「台灣大學退休人員理事長（2013-2016），辦「千歲宴」（80 歲以上的退休教職員工返校同樂），照片另三人是校長楊泮池教授、教授聯誼會理事長游若篍教授、職工聯誼會理事長楊華洲先生。

註九 金土，〈我妻逝後的筆記詩文〉，《港城詩韻》總第五期（綏中：港城詩韻文學社，二〇一七年三月），頁一五一—一六〇。

第二篇 《張云圻詩歌筆記》賞析研究

老了，真的老了/霜雪已染白了头发/满脸皱纹走向网络化/两眼不再星光灿烂/眼皮开始向下搭拉/嘴唇抿得很紧/不想暴露一口假牙/要看，就请看下巴上的一窝蒿草/割了又生，直劲挓挲/似抱不平，似愿为我/追回美好的青春年华！

——— 作者自题

摄影：郭文臣

第四章　現代新詩人原始自然的詩歌吟詠

《張云圻詩歌筆記》我仔細專心的讀了好幾回，想要訂出三個主題做賞析研究，卻不是很容易。原因是這本詩集涉及的詩題內容，可以說包羅萬象，幾乎其他詩人十本詩集所涉的龐大範圍，生活中的一切，都在這本詩集中可以看到。

全書詩的總量約五百首，其中有很多「組詩」，例如，〈小時候的回憶〉有〈出生〉等九首，〈大海拾貝〉有〈海上日出〉等十四首，〈寫給家畜家禽的詩箋〉有〈馬〉等十一首，〈農作物的歌〉有〈高粱〉等十首，其餘尚有此類甚多。因組詩內各詩仍是獨立的，仍算其總數，全本詩集才說有近五百首詩，就一本詩集而言，仍是極大的量，要用三章文論賞閱這五百首詩，基本上是違反了寫作方法論，造成普遍而膚淺的論述。

經深入思索，廣泛理解，除了針對「詩」，更想到「人」，想到我前面三章回顧金土過往數十年，那些可算是「空前」也極可能是「絕後」的特色，古今中外詩人所沒有的，所不及的。第一就是金土和妻子馬煥云的愛情傳奇，以金土對妻子愛情竟持續一輩子不變，已是打破人間的婚姻「定律」，所寫給妻子的情詩總量，古今中外的詩人們，誰能出其右？

第二是金土寫了不少有關討債、討帳、催債、追款的詩，這些或許正是金土生命歷程中，某些時段的工作或個人面臨的困局。但把這部分當成生活詩寫，卻也是中外詩壇所未見，有寫一首兩首，沒有金土這樣的完整詩記的，這不是空前特色嗎？

第三是原始自然的詩歌吟詠。就整本《張云圻詩歌筆記》風格而言，確實如楊子忱先生在〈山海關的風〉序所述，「他都能以飽滿的激清，澎湃的熱情，瀟瀟灑灑地寫來，洋洋灑灑地寫來，隨隨便便、自自然然地寫來，寫得一覽無餘。」（註一）這些說法，我用「自然」二字形容，但金土在一九五八年（十七歲），到一九六四年（二十三歲），這幾年的作品更自然，我稱「原始自然」。這是金土後來被稱「鄉土詩人」或「農民詩人」，最初的基點，也是深值大書特書的特色。

研究《張云圻詩歌筆記》一書作品，我按前述三個特色進入，第一章賞析金土最早的「原始自然」詩歌吟詠。但所謂「自然」或「原始自然」，本質上都是自然，差別只在程度不同。故首先進一步了解詩歌文學上，所述「自然」

旨意為何？吾國大唐時代詩論家司空圖在其傳世名著《詩品》一書，對「自然」一品如是詮釋。（註二）

俯拾即是，不取諸鄰。俱道適往，著手成春。
如逢花開，如瞻歲新。真與不奪，強得亦貧。
幽人空山，過雨採蘋。薄言情悟，悠悠天鈞。

如是說「自然」，有些看起很形而上，再用現代白話語言，解釋如次，讀者就很容易明白了。

俯拾即是，不取諸鄰：生活中隨手拈來，頭頭是道，不必遠求。
俱道適往，著手成春：順其自然發展，詩章美好如春天來臨。
如逢花開，如瞻歲新：如花開花落，春夏秋冬，天道來去，非人力強求。
真與不奪，強得亦貧：真性情的表達，不為人所篡；勉強求得，易致貧乏。
幽人空山，過雨採蘋：隱居空山，心境自然，雨後採蘋，順手得之。

薄言情悟，悠悠天鈞：詩人心物交融的領悟，如天地運行，悠悠而久。

這是自然的各種情境，而「原始自然」，只是筆者在程度的強調，強調金土在二十三歲前（或二十五六前），他在詩歌創作上的自然程度，感覺上就像吾國四千年前第一部詩集《詩經》，完全是我們老祖先自然的吟詠。賞讀這首一九五八年的〈看汽車〉。（註三）

每天上學從這條大街上走過，
都看到無數來往奔馳的汽車。
剛要跑上前去問一問司機：
「車裡今天又載著什麼？」
司機卻一按車笛：「笛笛……」
從我身邊一閃而過。

「笛笛……」——像在說：
我載的是化肥，送往鄉下長稻米。
「笛笛……」——像在說：
我載的是礦石，運給城市煉鋼鐵。
呵呵，我明白了，明白了——
車上載的是司機叔叔的紅心一顆！

一九五八年六月七日

大約是初中一或二年級吧！寫出這樣的作品，一個孩子心中「原始」的心聲，自然的吟詠。合乎「俯拾即是，不取諸鄰」，場景是孩子每天會看到的，但並非每個孩子看到都會「有感」，吟詠成詩。這詩也有幾分「著手成春」的自然，最後一段「車上載的是司機叔叔的紅心一顆」，是詩的靈魂，讓整首詩有了境界，也體現孩子心中的想像、純真和善良，而有「薄言情悟，悠悠天鈞」的感覺。此外，整首詩也散發這孩子與眾不同的好奇心。

一九五八年前後對年輕的金土而言，也是多事之秋。搬家、誤了功課，生個小病，小金土心靈上都留下深刻記憶，他也吟詠成詩〈患病〉，**「衰草逢寒霜，弱體遇病魔。高醫驅不走，無奈榻上臥。每思回母校，回回淚偷落——學子齊奮進，惟我誤功課！哦，老師！哦，同學！請多相信我——病愈多鍛煉，學汝做強者！」**（註四）若是較成年或有點年紀的人讀這作品，可能會覺得有點「為賦新詞強說愁」。但若從一個初中生的心理來觀察，這正是這孩子內心世界「原始」的渴望，他內心渴望著「我要讀書」的吶喊，這是他純真、自然的性情，自然流露的吟詠。還有一首一九五八年的作品〈汽車上〉，顯示這年輕小伙子天生就有的觀察力，思維邏輯也極佳。（註五）年紀輕輕，心思和同齡人不一樣，何處不一樣？賞讀一首一九六〇年（十九歲）的作品，〈夜深了，老師還沒睡〉。（註六）

夜深了，老師還沒睡，
坐在台燈下，
在一塊塊方田上，
播種著期冀。

老師呵，當您給劃個✓，

知道嗎？那是您嘔瀝出的殷紅血跡；
當您給打個×，
緊皺眉頭，增加了多少不安的情緒。

我站窗外望著您的表情，
心也隨著一起一伏一高一低，
剎那間，理解您在上課的時候，
對我們母親般的愛父親般的嚴厲

老師啊，快入睡吧，
一定要保重身體，
看！窗外飢渴的小樹，
正等著您去澆灑春雨

一九六〇年五月十三日

此時此刻，金土大約是初中三年級、或畢業或高一。「偷看」老師改作業，顯示敏銳的心靈藏著同齡孩子所欠缺的同理心，還有對時代潮流環境的觀察力，透過詩的吟詠，自然表達純真的想法。**「在一塊塊方田上，播種著期冀」**對一個學生而言，算是很有想像力的詩語言，老師在作業上打×打✓所牽動的情緒，小詩人也有了新的領悟，情感上有自然流露。

「看！窗外飢渴的小樹，正等著您去澆灑春雨」。那個年代，中國的農村普遍貧窮，很多孩子渴望上學，這是小金土觀察到的，所以有這樣的吟詠。自然的東西有時也是可愛、天真的，如〈假期，我在鄉下度過〉。（註七）

假期，我在鄉下度過
最喜歡放羊和餵鵝
羊管我叫「媽媽」
鵝管我叫「哥哥」

母鵝小雛一大群
原是一位老太婆
山羊滿嘴白鬍鬚
比我年齡大得多

開學後我去問老師
它們為何那樣稱呼我？
老師笑了：「以後你會知道的
那鄉下有趣的生活……」

一九六〇年九月二十日

帶有一點幽默、童趣的作品，突顯孩子心中的純真可愛，從整首詩的情境氣氛看，這段時間年輕的金土過著平靜而快樂的日子，喜歡讀書的他在這首詩裡，明示他是愛發問的好學生，有問題問老師就對了。

但不久他就要面臨人生最大的轉折，不僅書讀不成，還要下鄉務農，所謂有失必有得，禍福就在同一窩，開啟了金土不一樣的人生風景。只是輟學的當下內心必是一陣陣愁，一九六一年春有一首〈菩薩蠻．輟學〉，**「父逝母瞽兄薪微，無奈輟學煢煢去。何處是去處？「雲深不知處」∥夜闌望星空，顆顆放光明。教我長大志，也有放光時！」**（註八）。人是多麼的奇妙！碰到同樣的困境，有人不思脫困之道就去跳樓，有人去跳海，有人賣靈肉，只有少數人會從困境裡「教我長大志」。

我發現，金土天生就是能思脫困之道的人，也是一個不忘初心的人。不忘初心者無論面對怎樣的「何處是去處？雲深不知處」，也始終能仰望夜空明亮的星星，「教我長大志，也有放光時！」他的「初心大志」是什麼？回到一九五七年十二月二十五日，他十六歲，初中一年級，仿李白〈望廬山瀑布〉，寫出第一首詩〈夜去沈陽〉，**「馳車遙望滿天星，疑是銀河落城中。我欲進城尋北斗，進城卻見萬盞燈。」**（註九）他從此立志當大詩人，有了這樣的初心大志，他面對困境才有轉念的能量和智慧，下鄉務農去接地氣通人氣，才會成為快樂和正面的心態，這才是文學詩歌創作的溫床。自然詩品一一流露出來，下鄉勞動第一天的成果是〈血泡〉。（註十）

啊！
汗水磨亮了鐮刀，
揮手割下了豆棵。
都怪我是個「利巴頭」，
手打血泡好幾個。
晚上用針挑，
疼中卻有樂。
因為我看到——

血泡癟了，
豆垛高了，
有付出就有收穫。

一九六一年秋

台灣有句話叫「吃苦當吃補」，能把困境當成修行道場，讓「吃苦」增強自己的能量，基本上這是智者才有的眼光和功力。讓吃苦成為一種平常心，自然的事，**「手打血泡好幾個／晚上用針挑／疼中卻有樂……」**就會是自然的吟詠，自然展現的真性情，不管幹什麼都會是快樂的，不論幹啥活！賞讀〈我為「寶寶」們去割草〉。（註十一）

天剛亮，大清早，
我為「寶寶」們去割草。
手提月牙鐮，山上飛；
肩擔草筐，崗下繞。
山根尋，水邊找，
不見好草不下刀。

豬毛菜，大青蒿，
遠遠把手招——
快把我們割回去，
讓「寶寶」們嘗嘗好味道！
哼！休騙人，早知道——
大青蒿，梗子老，
驢吃倒牙受不了；
豬毛菜，穿膛藥，
馬吃瀉肚，屁屎一齊冒。
松鼠翻眼珠，
蟋蟀嘿嘿笑；
「噢！替「寶寶」們想得真周到」。

走到一條小河旁，
發現小鹿正吃草。
雖然無心捉小鹿，

可把小鹿嚇壞了，
一口氣跑出十五里，
沒敢回頭瞧。
曾聽老農講，
鹿吃的草最嫩，
「寶寶」們吃了准上膘。
說時遲，那時快，
眨眼割滿一大挑。
回家的路上灑滿了笑。

扁擔壓得吱吱響，
像在說：「歇會吧！」
「不咧，不咧，
快快回家餵「寶寶」了！」

一九六二年夏

先從詩學上談這首詩，詩題就極有創意，顯示詩人的可愛和愛心，有一種眾生平等的情懷。這些「寶寶」是誰？不外是農家所養的牛豬羊等，稱牠們寶寶已是詩意。全詩各段加上韻腳，使頌念順口，加強音樂性以順耳。**「手提月牙鐮，山上飛／肩擔草筐，崗下繞／山根尋，水邊找／不見好草不下刀……快把我們割回去……眨眼割滿一大挑／回家的路上灑滿了笑……快快回家餵寶寶。」**都是豐富的詩意函和詩語言，「灑滿了笑」真神來之筆，「灑」用得亦巧妙。

就整首詩呈現的情境和散發的情緒，可以略知才下鄉務農不久的青年（21歲）金土，已完全適應了農村生活和農事勞動。割草、養豬牛羊寶寶們，且樂在其中，從中吸取創作靈感，接了地氣通了人氣，創作靈感如泉湧，「俯拾即是，不取諸鄰，薄言情悟，悠悠天鈞。」至今七十多歲仍源源不斷，神蹟啊！

小結

本章我從「自然」和「原始自然」兩概念，切入金土最早創作的詩歌，充滿自然的美與力。但再研究「自然」，到底怎樣才自然？

吾國古代九流十家中，主張「自然」思想到極致，是莊子「自然而然」的美學思想，他反對一切虛偽之物，倡導自然而然的「天籟」境界，自然而然之天音也。這種自然美學觀對中國千百年詩歌發表影響很大，「詩言志」即是一種自然抒情，惟自然並非聽任自然，而是追求自然，如〈我是〉是何種自然？（註十二）

我是山
我要高高聳起來
颶風刮不倒
鮮花相競開

我是海
就要洶湧澎湃
船艚任遨遊
魚蝦撈不敗

我是好青年
就要把祖國愛
就要不負這偉大時代

讓青春煥發滿天光彩

一九六三年元月五日

一九六三年才二十二歲的金土，以山以海比喻自己的壯志，要不負這偉大的時代，這是「心聲」天籟，詩乃心聲，不能違心而出，何況這原始自然之心聲。

我讀金土從年輕到老的許多作品，最初之作最富原始自然之美感，如古人言自然而然謂之天然。天然耳，非為也，故以天言之，所以明其自然也，如綏中之鄉土味！

註釋

註一　楊子忱，〈山海關的風〉，金土，《張云圻詩歌筆記》（吉林攝影出版社，二〇〇三年二月），序頁一—四。

註二　蕭水順，《從鍾嶸詩品到司空詩品》（台北：文史哲出版社，一九九三年二月），詳看下篇相關章節。司空圖，字表聖，號「耐辱居士」、「知非子」。河中虞鄉（今山西省虞鄉縣）人，生於唐文宗開成二年（八三七），卒於梁開平二年（九〇八），時表聖聞哀帝遇弒於濟陰，遂絕食而死，時年七十二。

註三　同註一，《張云圻詩歌筆記》，頁一六—一七。

註四　金土，〈患病〉，同註三書，頁一七—一八。

註五　金土，〈汽車上〉，同註三書，頁二一。

註六　金土，〈夜深了，老師還沒睡〉，同註三書，頁一八。

註七　金土，〈假期，我在鄉下度過〉，同註三書，頁一九。

註八　金土，〈菩薩蠻・輟學〉，同註三書，頁二二。

註九　金土，〈夜去沈陽〉，同註八。

註十　金土，〈血泡〉，同註三書，頁二四。

註十一　金土，〈我為「寶寶」們去割草〉，同註三書，頁二四—二六。

註十二　金土，〈我是〉同註三書，頁一五八—一五九。

第五章　把「債」昇華成一種「詩」

世上任何人，絕不想欠人債、欠人賬，欠債必是不得已，如生意失敗等，或公務上必須追債，都是面臨了某種不好處理的難題。金土於公於私都碰上一些債務問題，處理過程中用詩寫下不少記錄，是謂詩歌筆記，誠實記錄了人生碰到的一切，不論好壞！

很多詩人也有用詩歌形式寫生活日記的雅好，包含筆者，只是絕大多數是記好不記壞，「難看」的事更是提都不提，刻意忘之去之而後快意。欠債、坐牢、打官司，都是人生旅程上不堪且難看之事，金土都以詩歌記錄下來，可謂古今中外詩壇上所未見。如是，債已非債，債昇華成為一種「詩」，一種人生境界。

就好像李後主，把亡國之痛，寫成「春花秋月何時了，往事知多少，小樓昨夜又東風……」他才在歷史上得以「翻身」，昇華成一位「文學上永恆不倒的君王」，亡國之痛即非痛，昇華成為一種偉大的境界。反之，他若不寫出這些內心深處最真實、最自然的天籟心聲，則亡國之痛即是痛，且是不得翻身的「亡國之君」，兩種差別之大如參商。

李後主和張云圻當然是兩個不同的實例，惟其情境的昇華是一樣的，不同的是偉大和不偉大。李後主把亡國之痛昇華成偉大的文學典範，張云圻把欠債之傷昇華成不俗乃至不凡的詩歌吟詠。這是我所發現金土和古今所有詩人不同點的「特色」，也是本章抓住金土詩寫討債、追賬、打官司的作品研析的動機。

一、欠債、躲債的日子

在〈書房閑日無聊咏〉組詩之一，有〈債單〉這麼一首小詩，**「閑日無聊開金柜，默看債單暗皺眉。弄來錢時快還錢，不叫債主登門逼。堂正做人總相宜。」**金土註明參引蘇軾〈飲湖上初晴後雨〉一詩，句中有**「淡汝濃抹總相宜」**，在其他作品，金土也常引傳統詩詞，可見他對傳統文學應是讀了不少。

欠了債必然會形成壓力，但把債化成詩，不失為一種釋放壓力的妙方，讓堆放在肚裡的負作用轉化為正能量。有用嗎？是否有助於還錢？賞讀〈欠債的日子〉一詩。（註一）

欠債的日子，
是陰差陽錯的日子。
瞳仁翻背，
許多不願的，看成我願。

我願過雨天，
沒人來討債。
吃也香，
睡也安。

我願過夜晚，
沒人來討債。
心不亂，
把書看。

我願出遠門，

沒人來討債。
説話辦事，
都隨便。

欠債的日子，
是陰差陽錯的日子。
瞳仁翻背，
許多不願的，看成我願。

債還清了，
瞳仁復原，
欠債時看的我願，
卻又看成我厭。

二〇〇二年十一月七日

詩寫債亦頗有詩意，瞳仁翻背又復原也是想像力的發揮，最後「欠債時看的我願／卻又看成我厭」，讓整首詩有了深度和張力，對欠債的情境有美化功能。

二〇〇二年發生什麼大事？讓這位鄉土詩人欠債，原來是和一個大款做生意，結果思考不週而慘敗。他的夫人馬煥云形容這段時間叫「亦苦」日子，他們經過好幾年才還清債務，這也表示有不少〈躲債〉的日子，詩人還是要把躲債釀成詩。（註二）

濤聲清唱催眠曲，
蛙鼓齊鳴震耳聵；
海風知我心，
陣陣向北吹，
路過家門快進屋，
捎句話給我妻——
出門躲債來海邊，
一個小小的更房裡。
日幫主人喂蝦蟹，
夜和星星談樂趣。
告訴兒子快想法，

還了債後把家回。
苦樂人常有，
莫惦記……

二〇〇二年七月二十八日夜

電影《侏儸紀公園》最後有一句道白：「生物會自己找到出口」，不管從進化論、人性或心理學研析，這是合乎科學的經驗觀察。詩人、作家則應該是天生最會找尋「出口」的物種，創作的動機有很大的成分來自對現實的不滿，必須把難堪的困局（如欠債等）加以轉化，把情緒從詩歌文學的「出口」，順利「抒」出去，謂之抒情，這就是中國文人「詩言志」的抒情觀。

中國人的抒情觀有很豐富的內涵，抒發什麼樣的情感？表達什麼樣的志向？大約不外真於情性，發乎自然；抒哀怨之情，發幽憤之思；有為而作，有補於時；含蓄蘊籍，哀而不傷。（註三）由於有出口可「抒」，所以幾千年來的中國詩人，除屈原外沒有自殺的（想不起有第二個）。李白、杜甫、李後主、蘇東坡……我記得，也面臨過極大困局，他們用詩「抒困」。最可惜是後主李煜，他不想死，卻被賜死，《樂府紀聞》說。（註四）

後主歸宋後，與故宮人書云，此中日夕，只以眼淚洗面。每懷故國，詞調愈工。其賦浪淘沙虞美人云云。舊臣聞之，有泣下者。七夕在賜第作樂，太宗聞，怒。更得其詞，故有賜牽機藥之事。

為什麼要說起這些文人雅事史例？為論證文學可以成為人情緒的出口。我想，屈原一定是找不到出口，投江自殺（殉國）乃成唯一的選項。金土面臨的困局，當然沒有屈原、杜甫、李後主等來得嚴重，但躲債也是難堪，他的出口是到海邊，**「濤聲清唱催眠曲……日幫主人喂蝦蟹，夜和星星談樂趣。」**苦樂人常有，莫惦記，這些債已被化成詩。

二、討賬、追賬、催款、追款

不知為何？金土任職的單位，經常要出去催款、討賬！這有點像台灣有一種「討債公司」，顯然筆者並不了解金土在當時所處的環境和制度下，一般經營企業、生意是如何運作的！並非「搬有運無」那麼簡單。裡面一定有很多經營「祕訣」，行家才清楚，一九九二年金土第一次去河北省遷安縣楊各庄澱粉廠催玉米款，有一首〈遷安行〉記實，**「三月十四日到楊庄，二十四日返回鄉。一旬光陰空流逝，十個夜晚盡惆悵。惟怨求財心過切，未等看准就經商。迄今方知討賬難，淚水澆出詩八行。」**（註五）賬未討到淚水澆出詩八行，也算成果，只是為何討賬要花十天？光是在外生活費可能抵消了討回來的銀兩，何況空手而回！還有更離譜的，一九九三年他到哈爾濱商場，催還蘋果欠款，竟熬〈兩月零七天〉，〈寫給張經理〉一詩。（註六）

我叫張云圻，
他叫張云廷，
差點同姓又同名。
他叫我弟，
我稱他兄。
老兄當上大經理，
小弟還是老百姓。
百姓向經理要果款，
你猜經理咋答應——
「我知道，果，

是老百姓一年流的汗
血汗錢不給可不行。
但是——
賬出赤字，
手裡空，
求借不著，
真要命……」
我急問：
「要要熊？」
他笑答：
「再等等……」
一等等了兩月零七天，
經理終於付果款。
後來才知，
原是他妻私房錢。
他妻有個拗脾氣，
一直動員了兩月零七天。

老百姓呵，
你賣果不容易，
可知道經理付款
也更難

一九九三年夏于哈爾濱

這麼久的催款之旅古今少有，把催款過程這麼趣味性的詩化呈現，想必這詩人也很達觀。只是這麼長時間總不是一直等著，該是到那裡好玩好混的，詩人沒說，兩個多月可以繞全中國了。他有一組〈短歌〉描寫討賬尋債的心情，〈戲改古詩〉，**「昨日來長春，夜裡好傷心。尋了一整天，未見欠賬人。」**在〈鵲橋仙〉下半段，**「剛從東歸／又要去西／好個討賬差事／每夜裡苦苦沉思／錢到手／再玩不遲」**；還有〈慶宣和〉，**「找到債主就別放／強行還賬／否則沒收商品房／應當！應當！」**（註七）

這些小品幾分打趣，幾分幽默，把嚴肅的苦差事淡化，心理上也是情緒釋放。但從這些小品展現的情境，也大致可以看出金土這個人能以平常心看待世間事，把討賬當長征，長途旅行，〈討賬去〉。（註八）

帶上檔案袋，帶上那支金筆，
帶上兒子的期盼，帶上妻子的惦記，
穿上兒媳剛給買的長征鞋，
走，討賬去。

在全家人的視線中走遠，
在妻子的揮手中離去，
在望不見家裡的煙囪時，
眼瞼卻顫出幾滴苦雨。

依依惜別是一種力量，
常在心裡翻騰，把我鼓勵。
為了一個家庭的美好，
歷經千辛萬苦也要把賬討回。

到時候，檔案袋會挺身而出，
跟金筆一塊兒去和欠賬人說理。

長征鞋也要發揮作用，
天大的困難都能踏碎。

就憑我的決心，
就憑我的堅毅，
家裡的親人，等著吧，
等著聽我勝利的消息。

這情境像是要去執行一項偉大的任務，眾人送行後，就等著他勝利歸來，故以「長征」形容。然而，這只不過要去討賬（或討債），根本就是一件難堪的事，應該低調才是。如今為何反其道而行？大張旗鼓，壯大聲勢，原來這正是一種詩人風格，詩人心態。

若是低調，難以布局成一首氣勢宏麗的詩，所以從本質上看，金土不是一個生意人，而是一個道道地地的詩人，詩人的心思邏輯不適合在商場上拼殺。俗話說「商場如戰場」，那裡是詩人所能涉足。倒是**「穿上兒媳剛給買的長征鞋／走，討賬去……長征鞋也要發揮作用／天大的困難都能踏碎……」**也是人生的一種快意。討賬如寫詩，自己就是詩國國王，〈又去討賬〉也是浪漫的事。

（註九）

東方升起紅日一輪，
那是一個朝霞滿天陽光燦爛的早晨，
親友又給我湊足了路費，
打點行裝送出了家門。

大概是送行的次數多了也就成了習慣，
再不像頭幾回依依惜別兩眼濕潤。
是他們良好的情緒感染了我，
討賬路上格外長了精神。

當我乘上了六六五次列車，
聽到旅客們都在議論紛紛——
美英就要攻打伊拉克了，
導彈將炸毀那裡的建築殺傷那裡的人民……

和平的祖國給我們多少幸福，
從今後再不要提討賬的艱辛。
人生的波折好比大海裡的浪花，
大海就是在一浪推著一浪中奔騰前進。

一首層次漸進，境界漸高的作品，討賬討到最後「**人生的波折好比大海裡的浪花／大海就是在一浪推著一浪中奔騰前進**」。如是，討賬已非討賬，昇華到人生更高的境界，這便是詩的功能，也是詩人不凡之處。當年杜甫看到豪門的腐敗，人民在水火中活不下去，他振筆「**朱門酒肉臭，路有凍死骨**」，給現實強烈批判，他的作品才成為「詩史」，他才成為詩聖。他若視而不見，他在吾國千年詩壇上的地位，不知要落到何處？

三、住獄、打官司，致法官暨債務人

金土這輩子以詩人著稱行走於世，不論從事什麼？國事、家事、天下事，事事以詩歌留下他的行腳記錄，並以平常心的智慧看待世間事，他的作品才充溢著真情感動。包含坐牢這種難堪事，金土在〈住獄與其他〉題解說，他因工人受傷，於一九九九年六月七日被法院判決「住進綏中監獄」，此處語意不明，兩岸獄政不同，到底算不算所謂的「坐牢」，不得而知。不過他留下一首住獄詩〈西江月〉，**「淒淒慘慘戚戚／欲問幾時能極／人間剛別最成悲／識盡僈愁滋味／／回首當年英武／笑抹兩汪清淚／人生好比一場戲／苦辣酸甜有趣」**。（註十）坐牢竟坐出「有趣」，真的只有金土寫得出來，詩中引句他註明李清照、韓元吉、姜夔、辛棄疾等出處，不是抄襲。

為公為私，金土也打了幾個官司。一九八七年，他已是萬家大隊黨支部書記，有大權就有大責，這是必然的，他為綏中食品公司打官司，有一首詩，〈歲首別〉，**「歲首別鄉別樣情，天飄白雪心流紅。樓裡人家頻舉杯，街上行者吞殘餅。奇異冰燈無心看，靜臥吸煙到天明。幸有邊君說暖話，愁苦心頭吹春風。」**大家都還在過春節，金土就在正月初二出遠門，前往哈爾濱打官司，詩寫流落他鄉街頭的心情。幸好碰到旅社經理、業餘畫家邊金利話家常，才使愁苦心頭吹春風。

人生難免有些意外困境，被官司糾纏，進出法院，若判決不合理，一再上訴更是很煩人的事。據我個人的觀察，全世界所有法院（法官、法律）都有很多黑暗面，而最黑的正是號稱最「民主」的美國，美國監獄人犯約二百二十萬，二百萬是黑人，為何？因為法官幾乎全是白人。可見美國法律黑的太可怕了，裡面仍涉及種族歧視問題，也就更黑了。中國、法國、英國、俄國……又如何？佛陀稱這個世界叫「濁惡」世界，想必也是有不少黑暗面。但無論多黑，詩人對法官仍有期待，賞讀〈致法官暨債務人〉。（註十一）

一身炳炳正氣
充滿著神聖與威嚴
你是真理的化身
你是人民愛戴的法官

當感情有了斷裂
都是你給彌合
當好人受了欺凌
都是你給申冤

當金錢發生糾紛
都是你給裁判
債務一經確立

都是你給追還

為什麼我的判決書下來
卻沒有及時兌現
是不是債務人去了異地
使得法官尋不見

我由私人借了債
還從銀行貸了款
妻子有病無錢醫
淒風苦雨淚漣漣

若能支撐得住
我可原諒對方不還錢
為個人這點事
我真不想給法官添麻煩

法官告訴我不要多思多想
中央有了新的文件
《刑法》第三一三條
就是要解決「執行難」

我希望對方重新認識
做執行政策的模范
我相信我們的法官
會讓我有看到希望的那一天

二〇〇〇年六月三十日初稿
二〇〇二年十一月六日改成

這首詩金土註解了《刑法》第三一三條，但大陸法律筆者外行，故不涉論，我僅是賞閱一首詩，從詩境去理解作者的人生經歷和創作理念等。讓人感動的是，到這節骨眼還說**「若能支撐得住／我可原諒對方不還錢」**，最後依然相信法官**「會讓我有看到希望的那一天」**，結果如何？那已是十五年前的往事了，何況債已昇華成詩，法官和債務人已成「詩題」，這些是否也「豐富」了金土的人生；而老婆說的「亦苦」日子，也化成一種愛的流露，全都走入金土的詩國，化成一方富有詩意的亮麗風景。

小結：還有一種債沒討回來

……
全體叔叔就同聲高喊：
「血債要用血來償！」
……
她義憤填膺
一口吐沫吐在敵人的臉上。
惱羞成怒的敵人，
刺刀戳進她的胸膛。
她高呼著：
「打倒日本帝國主義！」
……
人民怎能不尊敬她呢？

怎能不把她的英雄事跡，
銘刻在心上！
今天，燕山的松濤，
六股河的流水，
還日夜為她歌唱！

一九六〇年秋

這是金土〈有這樣的一位小姑娘〉一詩的幾段。（註十二）用故事法詩寫燕山腳下，六股河旁，在日寇侵佔的一個村庄，有一位十六歲的姑娘勇敢抗日的英勇事跡。血債血還，應是所有中國人永遠不忘的使命，是中華民族的「天命」。金土詩中的各種債，早已煙消雲散，化成詩境美景，只有這筆倭鬼血債仍是血淋淋，遲早要討回來，不可以光說不練，也不化成詩。

自從大約五百年前，倭國的豐臣秀吉訂下「消滅中國，統一亞洲，建立大日本國」的民族使命，這個政策也成為歷代日人的「天命」。因而，連續發動三次「滅華之戰」，第一次明萬歷中日七年朝鮮之戰，第二次甲午之戰，第三次民國的八年抗戰（已改十四年抗戰）。三次總因戰爭的傷亡，一億多人。

我總結研究日本這民族，是地球上極邪惡之物種，不該存在的物種，必須令其消滅亡國，才是亞洲永久和平之道。現在日本又正計畫「第四次滅華之戰」，中國人必須先下手滅倭，我著書立說闡揚此一中國人天命。盡早以核武消滅大和邪惡民族，收該列島為「中國扶桑省」。（註十三）

必須以核武消滅日本，無關人權或仁慈，這乃是因果的必然。在廿一世紀，日本若不亡於戰禍，也必亡於天災，總之債必然要還，有一億多血債、死債，向倭人討債！

註釋

註一 金土，〈欠債的日子〉，《張云圻詩歌筆記》（長春：吉林攝影出版社，二〇〇三年二月），頁一二七—一二八。

註二 金土，〈躲債〉，同註一書，頁一二八。

註三 陳慶輝，《中國詩學》（台北：文史哲出版社，一九九四年十二月），第一章。

註四 孟瑤，《中國文學史》（台北：大中國圖書公司，一九九三年六月），頁三四〇。

註五 金土，〈遷安行〉，同註一書，頁六三—六四。

註六 金土，〈兩月零七天〉。〈寫給張經理〉，同註一書，頁五七—五八。

註七　金土，〈短歌〉組詩，同註一書，頁九二—九四。

註八　金土，〈討賬去〉，同註一書，頁九一。

註九　金土，〈又去討賬〉，同註一書，頁一〇一。

註十　金土，〈西江月〉，同註一書，頁八五。

註十一　金土，〈致法官暨債務人〉，同註一書，頁九五—九六。

註十二　金土，〈有這樣的一位小姑娘〉，同註一書，頁二八七—二八九。

註十三　陳福成，《日本問題的終極處理：廿一世紀中國人的天命與扶桑省建設要綱》（台北：文史哲出版社，二〇一三年七月）。此書筆者已寄兩岸約四百大學圖書館。

第六章 情詩，禮讚張云圻與馬煥云的愛情傳奇

二○○五年九月，台灣地區《外交政策》雜誌，邀請全球十六位各界有智慧的領袖（含新加坡李光耀），放眼人類社會未來三十年最大的可能發展趨勢，做出理性的判斷和預測（注意，不是「預言」）。得出的結果，極為讓人感到意外，竟一致認為三十年內，人類已維持數千年的一夫一妻制度，將全面瓦解崩潰，「婚姻」成為一個歷史名詞。（註一）但筆者並不感到意外，因為有關社會發展議題，人類文化變遷也是我有興趣研究的主題，這和東西方社會長久以來流行的一句話有關，「婚姻是愛情的墳墓」，人類渴望愛情，怎能一直住在「墳墓」裡？

往昔，有各種道德、倫理規範，婚姻久了失去愛情元素，也還能靠恩義責任等把人「綁住」，不得已持續住在「墳墓」中，在形式上維持婚姻、家庭依

然存在，外人看起來婚姻還是有完整性的假相。

隨著全球社會的開放，傳統價值大多已被顛覆，道德倫理規範快速崩潰。君不見凡是開放、民主的社會，普遍流行著「小三」（已婚男人外面的女人）、「小王」（已婚女人外面的男人）、「外公」（外面的老公）、「外婆」（外面的老婆）之迷思。筆者對這種現代社會的婚姻，為何愛情元素會大量流失？導至婚姻制度在逐漸崩解中，出現一種「外遇大時代」，曾發表一篇論文，提出四點研究結論。（註二）或許可以讓讀者更清楚明白，理解更深層的問題所在。

第一、自古以來，控制「性」行為的枷鎖，如道德、倫理、貞操、節操、制度等，幾乎已全面銹壞。另一種加速傳統婚姻崩壞的新價值觀，如性自由、性自主、同性戀婚合法，成為另一種「新道德實踐」，傳統的「守貞」觀念幾與「封建、落伍」同意義。

第二、現代社會到處充溢著壓力，無所不在的壓力，人為生存更為「活的快樂」，必須尋求釋放壓力的管道，性是最佳的釋放管道；經由此一途徑，得到快樂、肯定、愛情，這些在婚姻制度中已不可得。

第三、人天生有追求「最大自由」的動力，所以有史以來各種革命運動最愛「解放」一詞，從解放中得到所有想要的，快樂、刺激、自由自在、自己定義的愛情、一切自主。如是，婚姻乃成為枷鎖、墳墓。

第四、心理學上人天生有追求「自我實現」的願望，在傳統舊時代尚無女權觀念，女人沒有「自我實現」問題，男人可以自我實現追求所要。但到了現代社會，男女都要追求自我實現，惟在婚姻體制內皆不可得，人乃促使婚姻制度解體。

從二〇〇五年至今（筆者寫本文二〇一七年十月初），已過了十多年，社會思潮又有巨大改變，我觀察到新潮流脈動是謂第五點，「意義重於幸福」。即「追求人生的意義」，比追求人生的「幸福」更重要。所謂「人生的意義」可以由自己完全自主去定義，獲得的機會很大，也相對的容易獲得，「完全自主」也是意義；反之，幸福要在婚姻「墳墓」中獲得，不存在的東西，要如何獲得？創造的難度很高，得到的機率太低了！

因此，台灣社會年輕一代，普遍流行「四不主義」（不戀、不愛、不婚、不生），自己一個人生活最自由自在，最有機會「自我實現」，也永遠沒有任何「枷鎖」。這不就是最有意義的「人生的意義」！

談了前面一大堆，還是為本章主題引言。宇宙間一切現象都沒有「定於一尊」的詮釋，婚姻中的愛情流失雖是一種「必然」的結果，制度和人性使然，但終究不是全部婚姻人口皆百分百如是結局。一萬對夫妻中，若有一對在他們一生中保住婚姻和愛情，一輩子婚姻生活中都同時擁有愛情的甜蜜，一如他們初戀，他們便是人間之典範和傳奇。這樣的案例有嗎？合理的判斷，千萬分之一應該是有的，張云圻和馬煥云正是這千萬分之一。是故，本章從他倆認識之初，到婚後數十年，從金土給妻的情詩，欣賞他們的愛情傳奇。

一、結婚前後愛情蜜月期

一九六二年，金土和小他四歲的馬煥云正是工作夥伴，因為他們同是「萬家公社」勞動成員，一定有私下見面的因緣（機會）。而機會雖有，也要看是否「成熟」！金土有一首情詩〈愛情剛剛萌芽〉。（註三）描述這個成熟的機會，這應是金土有關馬煥云的第一首情詩。

剛下鄉，
我就愛上了她。
她叫馬煥云，
我叫張云圻，
都有一個云字，

原來早就連在一起。
她能幹，她潑辣，
十幾歲就在庄稼地裡滾和打。
她身材勻稱長得俊，
一對水靈靈的大眼睛最迷人。

初春的一天，天賜良機，
隊長派我倆一塊倒糞。
我揮鎬，她揮鍬，
天氣雖冷熱汗淋。

一陣風刮來滿天雲，
原來是雪花姐姐俯瞰可愛的年輕人，
偷離天宮飛落人間，
落她一頭，落我一身。
雪花姐呵雪花姐，
你喜歡我倆，

我倆也喜歡您，
七仙女和董永是老槐樹作媒，
願您也給我倆聯個姻……

隊長遠處喊：
「下雪了，收工嘍！」
我倆好像沒聽見，
鍬鎬揮更頻，
我怕她累著，
聲聲勸：「歇會兒吧！」
她直了直腰，微微笑，
掏出繡了鴛鴦的花手帕，
輕輕地輕輕地給我揩去了額上的汗。
愛情，這就是愛情嗎？
如果真是，也就剛剛萌芽，
地上的雪呵，將越落越深……

一九六二年五月五日

「剛下鄉／我就愛上了她」。金土是在一九六一年秋，高中一年級輟學後，全家遷居山海關萬家鎮的「萬家公社」。各種資料顯示金土和馬煥云是青梅竹馬，現在有機會一起勞動，金土打從心裡就愛上了她，男生一定會主動找機會接近。使愛情萌芽的「倒糞」之見並非第一次之會，何況「掏出繡了鴛鴦的花手帕／輕輕地輕輕地給我揩去了額上的汗」，這是兩性之間「親蜜」的肢體語言，通常關係要進展到「成熟」階段，才會出現的動作，表示女人對男人的體貼，顯示對這男生的好感。果然，半年多後，他們就在大家祝福下進了〈洞房夜〉，**「吃完了糖／喝完了茶／客人全都回了家／洞房裡……我挑水，她澆園／夫妻雙雙建新家。」**（註四）再不到一年，〈大女兒降生〉，**「……快讓孩她爸進屋來／看看保准也是跨……」**（註五）。此時此刻，仍是新婚的蜜月期，詩人表達愛意仍是很正常的事，並不稀奇，因為「新鮮感」仍在時，〈妻子是一道風景〉。（註六）

妻子是一道綺麗的風景，
最美的是兩只水靈靈的眼睛，
還有烏黑髮亮的長長髮辮，

還有不高不矮不胖不瘦的體型。
但是！
假如沒有一雙勤勞的手，
管理家務，下田勞動，
樣樣內行，人稱「萬能」；
長得再靚，我也不會歌頌。

一九六三年十二月二十五日

婚後愛情的「新鮮感」能維持多久？可能因人而異，正常約有二、三年，大多熬不過「七年之癢」，最短的案例是徐志摩和陸小曼，據梁實秋對他們的了解，徐陸二人幾乎在戀愛成功婚後，「志摩馬上便有了幻滅之感」。（註七）這也太可怕了！到底是「人」的問題，還是「婚姻」真的可怕？

金土夫妻之所以是愛情傳奇，是他倆夫妻的親蜜感始終很「新鮮」，就算已過七年之癢，二人都還常有「愛的肢體語言」。賞讀〈晚歸〉。（註八）

天上出了星星，
家裡亮了電燈，

門開著，
一股飯菜的香味，
鑽進鼻孔。
剛一邁進門坎，
卻被一雙手捂上了眼睛。
我回身將她抱住，
嬉笑著說：「老夫老妻鬧啥情？」
她掙脫出去，佯嗔地道：
「家雀子還知道回窩，
幹嘛讓我久等……」

一九七二年八月三十日

真是叫天下夫妻羨慕，因為到此已算打破現代社會的婚姻「準定律」，證明所謂「婚姻是愛情的墳墓」不完全是，極少數夫妻在他們長久婚姻生活中，依然不會陷入「無聊、無趣、乏味」的死寂。他們始終保有夫妻生活的「情趣」，讓情感活潑、可愛，有愛情的滋味。婚後過了十年又如何呢？賞讀〈惜別〉。（註九）

哪能總守家門口？
哪個男兒不出走？
她明白這個理兒，
高高興興送我到村頭。

當我和她吻別，
她眼睫上的小樹林，
突然掛滿亮晶晶的露。
秋風一吹，
全都滴落我的心頭，
滙成感情的河流。
有一顆最晶瑩，
化作感情河上一葉舟，
載著他，載著我，
去很遠很遠的地方，
去得多遠，
我倆也在一起暢遊

一九七四年五月十五日

就詩論詩，這是一首很有境界的情詩。**「她眼睫上的小樹林／突然掛滿亮晶晶的露／秋風一吹／全都滴落我的心頭／滙成感情的河流」**，除了豐富的想像力，也有滿滿的愛意，象徵二人心連心的境界。

「化作感情河上一葉舟……我倆也在一起暢遊」，示意今生今世永不分離，不論天涯海角，二人永遠在一起暢遊。整首詩有一幕最「神奇」的情景，**「高高興興送我到村頭／／當我和她吻別」**，這「吻別」一景有甚深意涵，表示二人雖結婚已十多年了，感情依然如戀愛或剛結婚，夠神奇了，是謂傳奇。

二、婚後愛情蜜月期持續發酵醞釀中

金土夫婦就像一般夫妻一樣，每天過著柴米油鹽加上工作的生活，只是他們多了一些生活中的驚奇，保有戀愛的感覺，數十年始終如是，這是奇跡奇聞，金土用詩時時記錄下他們這種永恆的「蜜月期」。**「我蒔秧田去，她留家養雞。白天兩處忙，晚上睡一起。她講雞下蛋，我說稻孕穗。多少開心事，入夢也甜蜜。」**（註十）幾十年老夫老妻會變成枯燥、無聊嗎？若愛已流失，只剩恩義或責任，可能就終日相對兩無言。但只要愛情還在，想必一切話題都可以甜蜜入夢。

一九九三年，金土到哈爾濱催還蘋果欠款，那〈兩月零七天〉組詩，有一首〈念妻〉也讓人十分感動，**「雙栖不知甜如蜜，別後思輒增愁緒。佳餚珍饈香何用，名煙貴茶總無味。日中鵲望家遙遠，夜裡夢見枕浸淚。情深意篤三十載，怎叫爲夫不想你？」**（註十一）讀來好似古代閨中婦女思念長年未歸的夫君之顛倒版，現在是夫君在外想老婆，想到茶飯不思，想到夜裡枕浸淚，情詩寫到這地步，能不驚天地泣神鬼乎？

原來這老婆和詩人互動關係，就像詩人寫詩那麼自然，也都是一種真性情的流露。古代白居易寫好一首詩，便念給某一老人家聽，不適改到聽來自然明白為止。金土的詩則先給妻子看，這也等於提高婚姻生活的內涵。賞讀〈我的第一個讀者〉。（註十二）

我的第一個讀者
是我親愛的老婆
每當我寫完一首詩
總是拿給她讀一讀

成功時她含笑點頭
贋品常使她皺眉搖頭
她芳齡十八和我結婚
今年已是五十七歲老婦
三十九年中誰知多少次
點頭搖頭搖頭點頭
我詩在她搖點頭中
寫改扔留
不斷地取得著進步
我的詩集出版那天
似應署名我倆合著

二〇〇二年十一月十一日

像張云圻和馬煥云這樣的互動模式，世上其他夫妻並非沒有，只是金土夫婦成為傳奇，其他並沒有。原因在於，金土夫婦始終如一，恆久性、經常性、親蜜性的永保婚姻生活的新鮮感，這才是困難、稀有之處，才會成為典範、傳奇，才會感動許多人。其他世間還能「維持」的夫妻，多少也有「善意」互動，惟偶爾有之，絕大多數難以恆久，更不可能維持一輩子的「親蜜感」。

金土夫婦打破了自然法則，打破了現代社會的「婚姻定律」，讓老夫老妻的愛情如初戀，還能在村頭上演「吻別」的經典畫面。這兩老到底有什麼人生「祕訣」？可能我的解析、探討，都還尚未找到真正的答案。

三、愛情蜜月期永無終止日

在二〇〇一、〇二年之際，金土和長春一個大款搞玉米加工出口南韓，結果慘敗。但這段時間金土可能為了生意必須常跑長春，離家這些日子他有兩首在長春思念老婆的情詩。賞讀〈月光曲〉。（註十三）

月光灑上我的床頭，
清輝送來了妻子纖細的倩手，
輕輕地撫摸我的臉頰，
全身湧起一股股熱流。

在這寂寞的夜晚，

多願妻子也受到月光的愛撫，
月光就是我的心啊，
千里之外仍在把你守護。

二〇〇二年十二月十五日于長春

多浪漫的情詩！愛情蜜甜質感盡在其中，多浪漫的一對老情人（這年金土已過六十歲）。就詩境而言，這首詩也有豐富的性愛想像力，**「輕輕地撫摸我的臉頰／全身湧起一股股熱流」**，用想的就使體溫上升，這對情人黏的也太緊了。一日不見如隔三秋啊！他們無時無刻不在想著對方。相思啊！賞讀〈想？〉。（註十四）

云向西飄，飄向我家，
風向西刮，刮向我家。
請把我這顆心帶上吧！
回到久別想念的家。

云飄到我家，

最好下點雨，
澆上妻子的臉頰，
代我吻吻她。

風刮到我家，
最好揚點沙，
就揚院子裡，
省得她出門道兒滑。

云知道我想家，
風也知道我想家，
風云卻都説閑話：
與其説想家不如説想她……

二〇〇一年十二月二十五日于長春

典雅、浪漫小品，借風和雲説話，正是「不著一字，盡得風流」的含蓄，而相思情意盡出。天底下最浪漫的情詩不過如是，天底下最幸福的女人馬煥云，有個詩人金土愛妳一輩子，為妳寫一輩子的情詩，你們的傳奇故事至少會傳頌在你們的子子孫孫，永恆留傳！

四、小　結：你們的愛情傳奇傳頌在天上人間

金土詩寫妻子的情詩，除《張云圻詩歌筆記》有不少，本章不過例舉少許。往後出版的詩集，《啊，故鄉》、《皎潔的月光》、《情愛集》、《病中詩筆記》，還有更精彩的，各章將逐一賞析。

金土的夫人馬煥云女士，於丙申（二〇一六年）臘月初一（陽曆十二月29日），取得天國極樂世界的移民簽證，在這地球上過了「亦苦亦甜」的七十年，但她享受到的浪漫愛情是圓滿的，成為地球上永恆的傳奇。當然，金土是不捨的，愛妻離開後，他寫了很多想念妻子的情詩，如〈我妻逝後的筆記詩文〉，略引如下。（註十五）

〈哭妻〉

那夜星星出滿天，只身單影坐桌前。
手端書本無心念，淚水長時湧似泉。

〈妻逝兩年桃園墓前哀悼〉

天空沒有一絲雲／墳前卻有大雨淋／這雨喲，專為我妻下，卻打濕了我的衣衿／兒女們勸「都兩年了／怎麼還哭得那樣傷心？」／我回答：「永遠也不能忘啊／只因情太深」。

啊！愛情，全人類共同的願夢，惟極少數人可得而享之。愛情，永恆不退的浪潮，誰能在浪裡浪漫？

《梁山伯與祝英台》、《羅蜜歐與茱麗葉》、《蓋斯與萊拉》。（註十六）都是人世間的愛情傳奇，卻都是悲劇。或許，未來應有一部喜劇收場的愛情傳奇，《張云圻與馬煥云》！

註　釋

註一　中國時報，二〇〇五九月二十七日，A14 版報導。

註二　陳福成，〈社會現象的觀察、判斷與預測：現代社會的外遇思潮研究〉，《青溪論壇》（台北：青溪學會，二〇〇八年元月十五日），頁二一一—二二六。

註三　金土，〈愛情剛剛萌芽〉，《張云圻詩歌筆記》（長春：吉林攝影出版社，二〇〇三年二月），頁二七—二八。

註四　金土，〈洞房夜〉，同註三書，頁二八—二九。

註五　金土，〈大女兒降生〉，同註三書，頁二九—三〇。

註六　金土，〈妻子是一道風景〉，同註三書，頁四七。

註七　劉心皇，《徐志摩和陸小曼》（台北：大漢出版社，一九七八年八月十五日，二版），頁一五七。

註八　金土，〈晚歸〉，同註三書，頁二三四—二三五。

註九　金土，〈惜別〉，同註三書，頁六一。

註十　金土，〈夫妻〉，同註三書，頁二三〇。

註十一　金土，〈念妻〉，同註三書，頁五八。

註十二　金土，〈我的第一個讀者〉，同註三書，頁八—九。

註十三　金土，〈月光曲〉，同註三書，頁五四。

註十四　金土，〈想？〉，同註三書，頁五四—五五。

註十五　金土，〈我妻逝後的筆記詩文〉，《港城詩韵》總第五期（綏中：港城詩韵文學社，二〇一七年三月），頁一五一—一六〇。

註十六　《梁山伯與祝英台》、《羅蜜歐與茱麗葉》世人皆知，惟《蓋斯與萊拉》，因數百年來英美等西方強權醜化了伊斯蘭世界，導至他們的文化文明被忽視。實際上，他們也有偉大的愛情傳奇故事，蓋斯和萊拉的淒美愛情，傳頌在阿拉伯各國人民心中，略為一說。

蓋斯也是一個詩人，只是他非常貧窮，幾乎一無所有，只是偶然間認識一個女孩叫萊拉，他們堅定的相愛，蓋斯為她寫下許多情詩。

但萊拉是富家女，按阿拉伯規矩是由父母決定婚姻，她被安排和有錢的表兄結婚。萊拉向蓋斯求救，蓋斯於是上門求親，當然被拒絕。他們決定逃亡到別處，結果失敗，女孩被抓回，蓋斯亦死於暴力。

萊拉對蓋斯的愛意堅定，當她知道蓋斯死於海邊，她走向大海，吟詩唱歌，躺在蓋斯身旁，沙灘上，兩個靈魂合而為一。

藍天、濤聲、悲吟聲……這樣淒美的愛情故事，如大海波濤聲，植入每一代的阿拉伯世界各國子民心中。

第三篇 《啊，故鄉》賞析研究

表兄张兴年（左）与表弟金土（右）在绥中文联举办的“祖国六十周年诗歌征文表彰大会”上。（李树森　摄）

诗歌征文凯歌扬，表兄表弟都获奖。

有约在前挨着坐，留下深情像一张。

2009年5月28日，绥中宾馆院内右起：杨子忱、峭岩、金土三位好友合影。

峭岩老弟子忱兄，都是昨晚来绥中。

能把墨宝给留下，住上一月也欢迎。

第七章 〈啊，故鄉〉，我的夢中國土

我一路賞讀金土的作品，《港城詩韵》、《華夏春秋》、《張云圻詩歌筆記》及其他幾本詩集，凡是他的作品和別人寫他都讀了。我始終在思考「自然」問題，包含《啊，故鄉》近八百首詩，黃秋聲在這本詩集的序文，碰觸到此一命題說法：（註一）

> 筆記詩歌借鑒吸取中國筆記文學的優秀傳統，內容包羅萬象，形式不拘一格，將會擴大詩歌的表現領域，推進各類詩體的革新改造；形式短小，清新雋永，白描寫生，傳神阿睹，口語白話，恢諧精警，信口而出……只是一種生命脈搏的本能律動，內心情感的率性宣泄。

筆者也算「玩詩」一輩子，不知寫了多少詩，仍寫不出名堂，寫不出古聖先賢所謂的「自然」詩品。司空圖「自然」品所述，「俯拾即是，不取諸鄰」，自信能如是奉行，並有幾分心得。但要達到「俱道適往，著手成春。如逢花開，如瞻歲新……悠悠天鈞。」的自然境界。（註二）這不知要磨幾輩子才能達到的境界，何況何謂「自然」？黃秋聲先生所言，「只是一種生命脈搏的本能律動，內心情感的率性宣泄」是自然嗎？這引起了我內心再次思考詩的「自然」問題，尤其「本能」二字讓我滿心疑惑。只好再回古代向另一位詩論家釋皎然請益，對於詩的「自然」他說：（註三）

> 詩不假修飾，任其醜朴，但風韻正，天真全，即名上等，予曰不然。無鹽闕容而有德，曷若文王太姒有容而有德乎？又云：不要苦思，苦思則喪自然之質，此亦不然，夫不入虎穴，焉得虎子，取境之時，須至難至險，始見奇句，成篇之後，觀其氣貌，有似等閒，不思而得，此高手也。有時意靜神王，佳句縱橫，若不可遏，宛若神助，不然，蓋由先積精思，因神王而得乎？

這段有關「自然」的解釋，也讓我增加對「自然」的多一層認識。所謂「自然」並不是不假修飾，任事物的「本來狀態」書寫，任其醜朴，看一隻貓寫一隻貓，見兩朵花落寫兩朵花落，相信這並非詩品的「自然」。皎然的自然觀「並非聽任自然，而是追求自然」，所以詩不單純只是「本能律動、率性宣泄」，自然之詩品還要加上刻意的「追求」，也就是金土所說四十年「索句」。

「索句」要堅持、求索一輩子，當然偶爾須要苦思，苦思和自然並不衝突，不入虎穴，焉得虎子？古來詩人莫不「語不驚人死不休」（杜甫語）。這是我讀金土這麼多作品，一再思考的鄉土詩人金土的「自然觀」，包含《啊，故鄉》，也是從「追求自然」的自然觀來欣賞。

二〇〇三年五月到二〇〇四年五月，這一年中，金土竟寫了超過一千多首詩，平均一天三首以上，從中選七百多首結集出版，取該詩第一首詩題為書名《啊，故鄉》。這本詩集有不少「組詩」，一首組詩內往往有很多獨立小品，難以統計有多少詩了。

檢視整本詩集近千首詩，地球上會動的和不會動的都寫到了，宇宙間的人、事、時、地、物，大概也快寫盡了。不得不敬佩金土「求索」之徹底，過程中必有不少「苦思」，求索境界可謂達到「上窮碧落下黃泉」，得來全是工夫啊！這眾多詩作中，筆者歸納出三個和我自己最有「感應」的主題，為本篇的三章。㈠〈啊，故鄉〉，我夢中國土；㈡金土的旅途詩抄，我夢遊的國土；㈢動物講道詩。棒喝人腦袋。本章先談第一個主題。

啊，故鄉，神州大地不論何處都是我的故鄉，為何？我從小讀孔孟詩書，所學何事？不外是做一個頂天立地、堂堂正正的中國人。

「生長在台灣的中國人」是我從未動搖的信念和認同。所以，幾萬年的中國文明文化全在我心中，無窮資源都是我的，十四億中國人和我連心。中國是我，我是中國人，我不會自卑，恐怕還有幾分「自大」，大中國主義者。不像一些台獨份子，因為不承認自己是中國人，只是「丸彈」之地島民，一肚子悲情，一生當遊民，人生不知要「靠」在那裡？有故鄉而不承認故鄉，有祖宗而否定祖宗，有祖國而背叛祖國，真是可憐的一群人，可憐之人必有可恨之處，亦

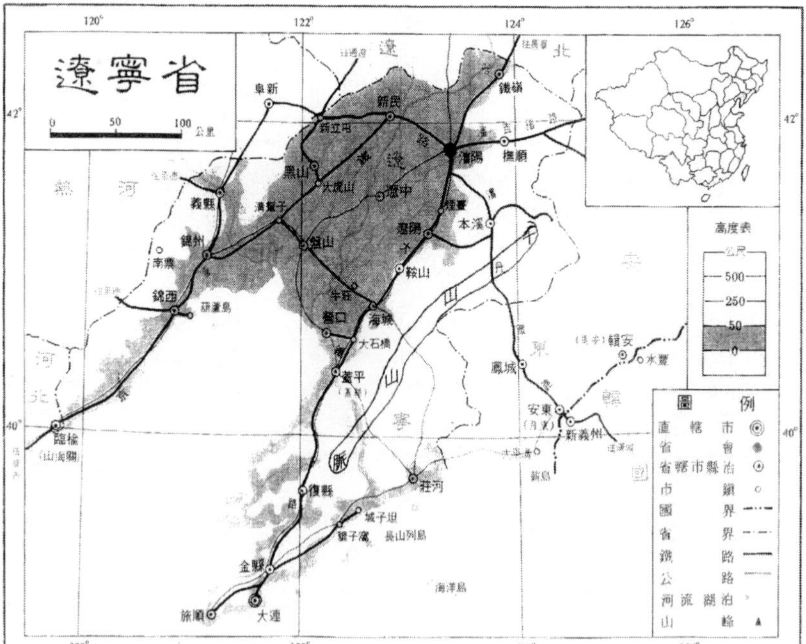

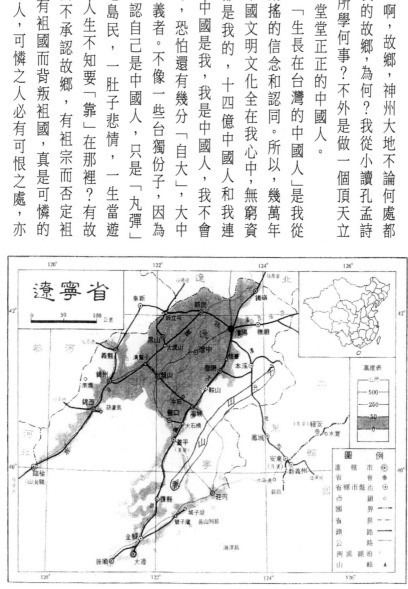

更可悲！

是故，金土的故鄉，是我的夢中國土，他的故鄉詩會牽動我的感覺系統，啟動我思想靈魂的某些機制，讓沈悶很久的我又興奮起來。因為〈啊，故鄉〉。（註四）

啊，故鄉
長城腳下
一個美麗的小村庄
有幾十户人家
都姓王
……
村民們的日子好過了
人人精神振奮人人喜氣洋洋

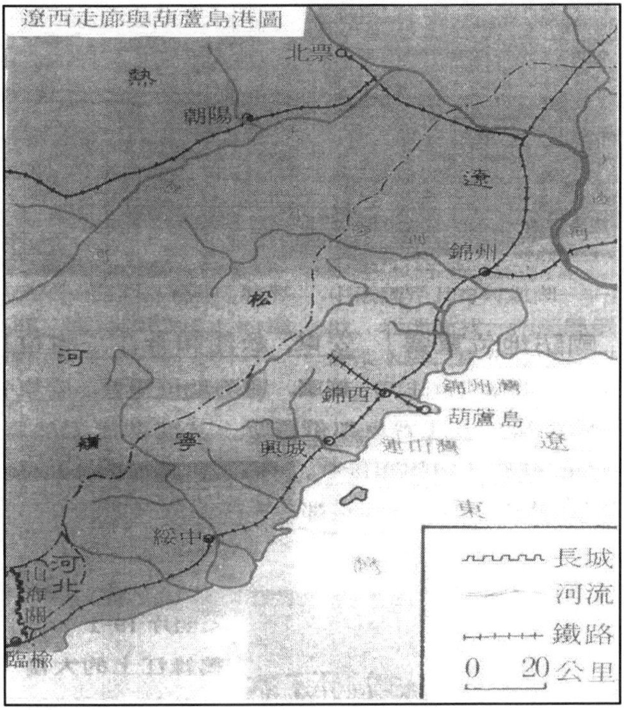

　　勤勞的雙手一定能
　　把家鄉及旱地建成小康

〈啊，故鄉〉全詩十六段六十五行，沒有亮麗的詞彙，也沒有構築多麼高雅的意境，僅事實陳述故鄉從古到今的移民、開墾，到現代的開發、發展經過。「他向牧人走去／牧人親切地告訴他／我的老家也在山東／逃荒來到這地方……」。這是中國幾千年來，人口和城鎮形式的基本模式，動力不外戰禍和飢荒。

中國民族是全世界最勤勞的民族，放眼歐美及其他各民族，都在計較放假和享受，只有中國人日

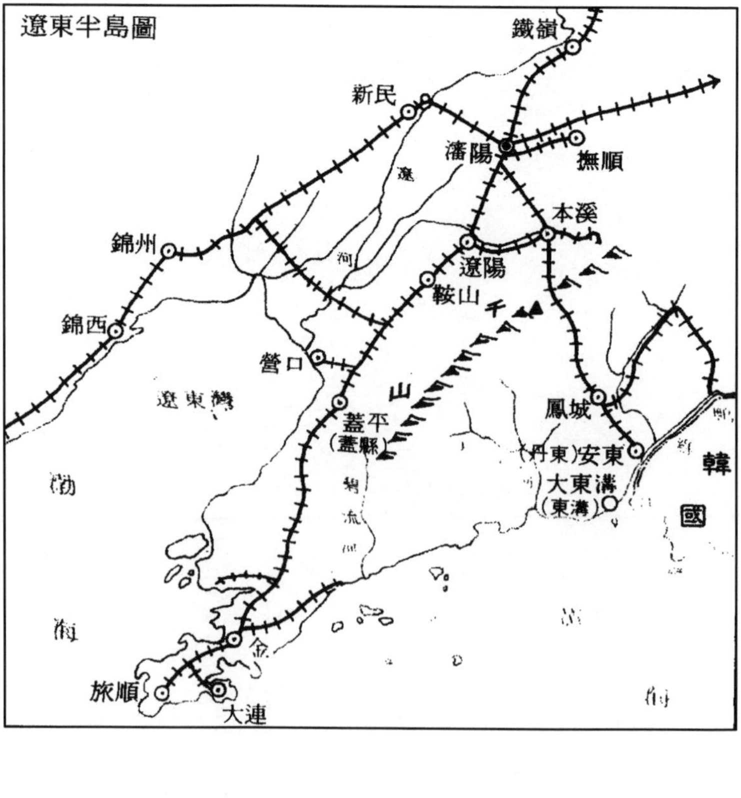

夜埋頭苦幹。如此幹活五千年，從「中原」一片地，到現在千萬平方公里，非洲已被世人稱「中國的第二個大陸」，數十年內「全球中國化」已漸漸形成，中國夢指日可待。啊，故鄉，以你為榮。賞讀〈故鄉〉。（註五）

不管去到哪裡
都會有人要問家住何方
我都會驕傲地告訴他
使他感到親切、熟悉、羨慕和嚮往

進城我曾告訴過趕集的外鄉人
我家住在那個最美麗的村庄
可一去了遠方我卻又報我常進的
知名度很高的那個城是我的故鄉

我想，要是去了國外
肯定要說我的祖國是我的故鄉
要是去到月球

又會說地球是我的故鄉

對故鄉一詞的解釋
應是生我養我的地方
不管去到哪裡
都會勾住我的魂，把她懷想

寫本文時，新聞正在報導，約五年內（二〇二二年），人類要完成月球和火星的基地建設，開始移民到這兩個星球，並建立往來交通，讓星際旅行成為真實。我想，五年不會太久，吾等有很大機會看見，那是「宇宙村」的來臨吧！到了銀河系，太陽系就是我的故鄉。

不說太遠，就在這小小的地球上，「不管去到哪裡／都會勾住我的魂，把她懷想」。除非，你是那種無魂無靈、無血無骨（如台獨份子）的人，當然定會背棄自己祖宗生養的故鄉。賞讀〈山海關〉。（註六）

南臨煙波浩渺的渤海
北依起伏蜿蜒的燕山
中間是遐邇聞名的古城

萬里長城天下第一關

古老就多傳聞
壯觀就多景點
不管是聽還是看
都會使人心曠神怡、興趣盎然

導遊把我們帶到老龍頭
帶到長城的起點
都願登樓遠眺
一片汪洋，白浪滔天

導遊把我們帶到九門口
這裡被稱作京東首關
就因為地理位置重要
當年曾發生過「一片石大戰」

導遊把我們帶到孟姜女廟
回味無窮的是「貞女祠」門前的楹聯
據說乾隆和劉鏞來這裡鬥智詠成
才那樣珠聯璧合天衣無縫千古稱讚

導遊把我們帶到燕塞湖
千重翠柏，四壁青山
白鶴翻飛，時落遊船
天藍水碧，塞外江南

導遊把我們帶到懸陽洞
吃個剛摘的果——甜
導遊把我們帶到止錨灣
吃頓剛捕的魚——鮮

導遊把我們每帶一處
都是那樣留連忘返

生活在這裡的人
一定快活得像神仙

說實話，我就是生活在這裡的人
常和遊人一起去遊覽
遊一次有一次收穫
遊一次增加一次情感

最愛這裡風光無限美
最愛這裡山珍海味全
愛的深切，愛的熱烈
經常寫出愛的詩篇

中國是世界最大最古老的文明古國，這裡的大地上，任何一個城鎮鄉村乃至小小景點，都有幾千幾萬年的文明文化累積，一個「村誌」都有做不完的研究報告。頂頂大名的山海關，這裡的故事隨便上推兩千年，大概十本博士論文研究還寫不完。金土在這詩註提到吳三桂和李自成的「一片石大戰」，還有孟姜女廟「貞女祠」門前的對聯，「海水朝朝朝朝朝朝朝落、浮雲長長長長長長長消」。這些，現在都成為觀光「趣點」，國家搞經濟發展的「吸錢機」。

放眼全地球，世界各國都在經營這種吸錢機，埃及的金字塔、南美馬丘比丘、柬埔塞吳哥窟……中國萬里長城等就更多了，都在靠老祖宗的遺產吃飯。而這些景點都是當年統治者奴役人民的成果（當然也有正當理由的功能，如萬里長城基於國家安全），死了許多人也是事實，不論是非功過如何？都是人類文明文化一部份。

正常人都會愛自己的故鄉，詩人是各類人中最有真性情的人種，就更愛他的故鄉了。**「最愛這裡風光無限美／最愛這裡山珍海味全／愛的深切，愛的熱烈／經常寫出愛的詩篇」**。筆者多年來幽居於台北近郊的「蟾蜍山」，過著簡單的讀書寫作研究生活，蟾蜍山荒涼而淒美，晨昏可聞野狗和蟬叫，我還是覺得這裡風光無限美，給我一顆安靜的心，寫出很多有關「中國學」作品。

金土這本《啊，故鄉》，有多首山海關作品。〈山海關風光〉組詩內，又有二十一首小品：「天下第一關」城匾、老龍頭、九門口、姜女廟、姜女墳、懸陽洞、燕塞洞、角山、角山長城、老牛山、山神廟、石河、蓮花池、止錨灣、朱梅墓、烽火台、北邱大橋、碣石度假村、萬家弱、攝像、有感。詩人必須「有感」，甚至「敏感」，才能從「俯拾即是、不取諸鄰」中，創作出自然又美麗的詩篇。**「關外萬家鎮／出個大詩人／最願寫家鄉／創作日日新」**。（註七）這個大詩人，正是金土先生。

金土有幾個雅號，鄉土詩人、農民詩人和筆記詩人，「鄉土」則是他最大的特色。可以說他所有的作品都根植在故鄉的土壤中，他愛詩愛妻愛家人愛祖國，這樣的愛也只有故鄉的土壤生得出來，如這首〈晚歸〉。（註八）

飯燒熟了
備了桌子備了碗
太陽快要落山的時候
她就站在家門前

南洼的玉米北山的谷
都是今天要鋤的田
北望望他回家的林陰道
南望望他歸來的小河邊

誰料南洼北山全鋤完

他去西坡又鋤棉
打著唿哨往回走
逗得星星都來看

她迎上前去接過鋤
順手擦一把他額上的汗
心疼地說：「看把你累的……」
一句話，明天又多鋤二畝田

好一首浪漫情詩，「張式情話」，從頭到尾未說情字愛字，讀了卻感受到夫妻愛情濃得化不開，此謂「不著一字、盡得風流」，含蓄之美盡在其中。

啊，故鄉，我的夢中國土，遼寧、綏中、山海關……雖都未曾親臨，卻也老早在我心中，與我同成長。

小結

中國縣級行政單位有三千多個，應該是全世界最龐大的行政系統。在這麼多「縣」中，要出現一個縣發生世界級大事（好事方面），是多麼的不容易！可謂千年難有一回。金土的故鄉遼寧省綏中縣機會來了，一件揚名全球的大事發生，詩人怎能不把握良機，好好的把美麗的故鄉用詩歌吟詠。賞讀〈楊利偉〉。（註九）

「神舟五號」飛上太空
全球矚目特大新聞
航天英雄楊利偉
卻讓下面爭相與論
綏中說他是綏中人
慶賀的禮花放出滿天歡欣
遼寧說他是遼寧人
電視台採訪了他的家親
亞洲說他是亞洲人
稱他是亞洲的加加林
他們說的都很正確
但是，我還有一點新論

我說他是偉大祖國登天第一人
是他使千年的登天夢想成真
人類不是只有一個地球
整個宇宙都將屬於我們

航天英雄楊利偉，於二〇〇三年十一月二十四日，回到闊別二十多年的家鄉遼寧省綏中縣，是當時國內外大新聞。楊利偉專程到綏中二高中母校，更引起青年學子沸騰，成為現代青年學習典範，別說金土作詩歌詠，就是筆者和全球中國人也引以為榮的事。一個楊利偉，正是中國崛起、中華民族復興的象徵。

金土這本詩集有濃濃的故鄉味，鄉愁雖愁亦芳香，中國幾千年詩歌大傳統似乎在金土作品呈現。翻翻歷代那些大詩人作品，李白、杜甫、王維、孟浩然……那一首和故鄉鄉愁無關的，好像沒有，中國人對鄉土、故土的觀念極深，應是我們的文化使然。

但一九四九年後，最思念故鄉的，鄉愁最濃的，就是隨蔣介石來台的兩百萬軍民和他們的子孫，寫最多懷念故鄉和親人的詩人，也是那一代（大陸來台）詩人。余光中、洛夫、文曉村等，無不以鄉愁詩出名。

兩岸開放後，回大陸探親解鄉愁的人潮一波波，啊！故鄉。但他們去了又回來，或偶爾又回去探親，原來「他鄉已成故鄉」，中國歷史「分久必合，合久必分」，何謂他鄉？何謂故鄉？很難定義。就如金土的詩說，去到月球，地球是我故鄉！

註　釋

註一　黃秋聲，〈尋找詩的家園：從「筆記詩歌」到「詩界復興」的筆記〉，金土，《啊，故鄉》（北京：中國文化出版社，二〇〇四年八月），序頁一－八。

註二　蕭水順，《從鍾嶸詩品到司空詩品》（台北：文史哲出版社，一九九三年二月），第七章，頁一〇八－一〇九。

註三　同註二書，第三章。

註四　金土，〈啊，故鄉〉，《啊，故鄉》，頁三－四。

註五　金土，〈故鄉〉，同註四書，頁六。

註六　金土，〈山海關〉，同註四書，頁一四八－一五〇。

註七　金土，〈山海關風光〉，同註四書，頁一五二－一五七。

註八　金土，〈晚歸〉，同註四書，頁二九。

註九　金土，〈楊利偉〉，同註四書，頁九〇。

第八章　金土的旅遊詩抄，是我夢遊的國土

神州大地俱是我的夢土，我的祖國江山，按理說我應走遍大江南北，旅行五嶽千山東西才是。正好相反，多年前走過北京、重慶、三清山、黃山、成都等，再也沒出遠門，近五年完全幽居深山，不想去看山下那偽姦政權如何搞搞台灣！

如今有機會從金土的詩作中，看他參訪祖國大地各景點，我當然就順勢而為，乘著他的詩筆同遊我的夢中國土，快意又方便。若是要動用我兩腳，恐怕三輩子也走不完神州大地各勝景，「神遊」對我而言，是適合而可行的旅遊方式。

《啊，故鄉》詩集第四輯〈旅途詩抄〉，詩寫到過的地方有哈爾濱、長春、鐵嶺、沈陽、錦州、葫蘆島、興城、秦皇島、北京、北戴河、天安門。另在〈南

行記〉到過上海灘、總統府、中山陵、虎跑泉、西湖、太湖、廣州等地。這些地方我大多未曾到過，但並不陌生。金土在大陸一輩子，我相信他去過不少地方，我國領土四極，西到噴赤河，北到漠河北極村，東到烏蘇里江和黑龍江交會的伯力，最南到曾母暗沙。這是我國「現在」的領土範圍，金土去過那些地方？

我國未來仍有很多領土必須收回，滿清割讓的領土，蔣介石丟掉的外蒙古，二戰後美國要求蔣介石收回而他不收回的琉球群島；還有，中國人要記住一個民族生生世世的「民族使命」，即是全體中國人生生世世的「天命」，要在本世紀內以傳統或核武戰力，消滅日本，令「大和民族」亡國亡種亡族，收該列島為「中國扶桑省」。這個使命沒有完成，便是生生世世中國人的失敗，中國人要爭氣，就是要消滅這個極邪惡的「大不和」民族。此事，筆者著書立說，（註一）到處宣傳，視為我人生的重要功課，喚醒中國人！喚醒中華民族！

如此廣大的領土範圍，行腳如何能走盡？「神遊」是個好辦法，何況世上唯夢境之美才能持久，現實總是讓人不滿，更是毫無美感，令人失望。就按金土的旅途詩抄，擇要賞析，賞讀〈車出哈爾濱〉。（註二）

車出哈爾濱
像一匹脱韁的野馬揚蹄狂奔
比它跑的更快的是遊子的心
早已飛回了家門

四行小品，頗有意境，詩語言也豐富。二戰前分別受到俄國和日本入侵，故境內有不少「恥辱證據」，有「東方莫斯科」之稱。重要景點有兆麟、斯大林、太陽島公園，松花江、倭國細菌戰實驗基地、黑龍省博物館、桃山滑雪場，冰彫節也名揚國際。不知國人到此參訪，是否憶起過往的「國恥」？賞讀〈車過長春〉。（註三）

車過長春
心潮滾滾
我曾在這裡賠過十五萬
我曾在這裡寫出書一本
這裡曾給我最大的痛苦
這裡曾讓我抖擻起精神

這裡掏空了我的全部血汗
讓我飽嘗了人生的艱辛
這裡激發了我的創作熱情
向一個更高的目標奮進
我有經驗
我很自信
一個人若能跌倒爬起
就能改變原來的命運

金土為了做生意跑了多次長春，慘敗！虧了大本，長春對他而言不好玩，但〈車過長春〉，寫出了正面、積極的生命觀，讓人生有機會提昇境界。他若不創作詩歌，不過是個虧本的生意人，他努力在文學上發光發熱，成為中國著名的「鄉土詩人」，兩種人生多麼不一樣！

吉林省會長春，吾國北方有名的花園城市，伊通河畔，長白和京哈鐵路交點，有「汽車城」之稱。有最大的南湖公園、原偽滿皇宮今吉林省博物館，全國最大的長春電影製片廠。賞讀〈車過鐵嶺〉。（註四）

車過鐵嶺
旅客們嘮起了趙本山
有說他出生的地方
山青水秀　人傑地靈
有說他小時很苦
早早地失去父母
有說他領過算命瞎子
靠一張巧嘴闖蕩江湖
有說他成為笑神
是因根扎一片沃土

「鐵嶺」我本來不很深刻，因台灣出個「遼寧鐵嶺人」、著名的作家也是台灣大學文學院教授齊邦媛，而正好筆者也擔任文學院主任教官。齊教授的名著《巨流河》我讀了好幾回，才對鐵嶺印象深刻。（註五）該書高踞誠品書局華文創作暢銷榜持續二十週，書寫一九四九年遷台一甲子的時代紀實，基本背景還是和國民共產兩黨長達一世紀恩怨開始。源頭在一九一二年列寧於《湟瓦明星報》發表〈中國的民生主義與民粹主義〉，將共產主義植入孫文主義，接著史達林於一九一八年發表〈不要忘記東方〉一文，積極將共產主義向中國移植。（註六）從此，中國百年不安，至今仍持續著，這些和《啊，故鄉》無關嗎？和我或余光中、洛夫等鄉愁無關嗎？賞讀〈車過沈陽〉。（註七）

車過沈陽
我望見了可愛的故鄉
沈陽鐵路中學
那裡有我讀書的課堂
我的脈管
今天還流著母校的血液
老師的汗水
還在我的詩裡閃光
忘不了呵不能忘
是誰給我鋪就了人生道路
是誰讓我的事業如此輝煌
是沈陽鐵路中學

那裡我讀書的課堂
是沈陽
我最可愛的故鄉

沈陽，金土的初、高中在沈陽鐵路中學，正是人生初期影響很大的階段。（可詳看書末年表和一、二章所述）詩人對母校有深深的懷念，體現詩人一種飲水思源的情懷。再者，詩人走上「詩路」也是從〈夜去沈陽〉開始，所以沈陽對金土的人生意義很重要。

沈陽是遼寧省會，乃全省之政經文教交通中心。著名景點有沈陽故宮、福陵（努爾哈赤和皇后葉赫那拉氏之陵寢）、昭陵（清太祖皇太極和皇后博爾濟吉特氏陵寢）、新樂遺址（七千多年前古文明遺址）、遼寧省博物館。這些地方對喜愛旅遊的金土，多少走過幾處，如今只是車過，一些思緒回憶。賞讀〈車過北戴河〉。（註八）

車過北戴河
旅客們的議論更多
多少重要會議在這裡召開

黨中央又有了新的決策
也曾發生過重大事件
林彪就是從這裡逃的
老天有眼讓他機墜溫都爾汗
葬身於遙遠的他鄉異國
不但沒有染污這裡的歷史

賞讀金土或大陸任何作家作品，其實都會碰到一個兩岸不同的是非功過觀，包含電影和電視也一樣，大陸歌頌自己的黨和領導人，而貶低國民黨及追隨蔣家的官員；台灣方面亦是，也都不問是非功過，提高自己，貶低（或醜化）共產黨。對於兩岸目前這種不算友善的交流，我在所有著書立說持兩個基本態度：一，對於中國的崛起，中華民族的復興，中國未來完成統一，實現「中國夢」理想，在台灣的國民黨已無能為力，甚至必須依賴共產黨的「裡應外合」策略才能存在和壯大，目前和未來的中國都靠共產黨。所以我大力支持共產黨，大陸所建立的民主體制才適合中國人，西方式政黨政治不合中國。二，對於共產黨和國民黨的是非功過留給未來歷史去定論，現在兩岸誰說都不是定論，因為都偏私。按我國固有傳統，一個朝代的功過，必須朝代結束後，由下一個朝代史官去定論。例如，宋朝結束，元朝史官定其是非功過；元朝結束，明朝史官定其是非功過，中國歷代均如是，才會客觀公正。

〈車過北戴河〉一詩，對黨對國對人的歌頌，只是詩人的真情性表達，愛自己的國家是一種極高情操。生養他的國和黨，他能不愛嗎？何況這個黨要帶領全球中國人，實現「中國夢」，別說金土愛，我也愛！賞讀〈蘇堤白堤〉。（註九）

下了蘇堤上了白堤
天空驀地下起了小雨
心中懷蘇白
雨也著人意
一個雨點一個字
下到湖裡泛漣漪
一個漣漪一首詩
首首詩裡有名句
雨點越下越大
雨線越來越密

周圍的人
有的擎起了傘
有的穿上了雨衣
唯獨我沒有使用雨具
心裡想的是幸有此機會
甘願接受蘇白兩位詩人
送來的詩雨的洗禮

中國是一個有悠久歷史文化文學傳統的民族，每個勝景都有說不完的故事，如九華山是地藏菩薩道場，普陀山是觀世音菩薩道場。光是西湖的故事，屬於民族英雄如岳飛，屬於文人雅士如蘇白，屬於神話如白蛇傳意涵佛教道教之鬥法與批判，而「杭州姑娘」不論人或歌也中外知名，故說「上有天堂、下有蘇杭」。十多年前有幸到此一遊，心中也仍懷念著蘇白。

蘇堤，在西湖之西，南屏山下花港觀魚，約三公里長，蘇軾任杭州知府時疏浚，大詩人留下不少詩歌和美談，最香最引人的是「東坡肉」，從西湖傳到全球。有中國人的地方就有東坡肉，頌東坡詩。

白堤，東起「斷橋殘雪」，止於「平湖秋色」，較蘇堤短。據聞，非白居易所築，而是他當過杭州太守，人民懷念他的政績，稱「白堤」為紀念。據考證，白居易任太守時，是在原錢塘門外石涵橋附近修一堤，今已無跡可尋，但他的政績和文學成就永遠在中國子民心中，他的詩風和創作方法，都和金土很類似。

小結

在〈車過綏中〉裡寫道：

「誰不願父母安祥
誰不願家鄉繁榮
及早地建成小康

在〈車過瀋陽〉裡寫道：

「我望見了可愛的故鄉
瀋陽陽鐵路中學
那裡有我讀書的課堂」

在〈我愛山海關〉裡

卻又把山海關寫成我的家鄉
「磨礪了我，打造了我」
是她雄偉的群山，博大的海洋

親愛的讀者，讀後且莫迷茫
中華兒女的心胸無比寬廣
我熱愛祖國的每一寸土地
到處都有我可愛的家鄉

「我熱愛祖國的每一寸土地／到處都有我可愛的家鄉」。凡是腦袋清醒而有智慧的中國人，莫不如是，中國大地山河海洋，都是我們的家園、家鄉。

台灣自古以來就是中國領土一部份，也是所有中國人的家園，當然也是金土的家園，十四億大陸同胞永遠不能忘了台灣，以十四億人意志和力量，促成統一何難之有？

頤和園長廊

但我發現，十四億中國人，乃至海外中國人，已有很多忘記祖國尚有很多領土未收回，外蒙、琉球，還有滿清丟失的領土，遲早都要收回。當然，也不

能忘記二十一世紀中國人的天命，中華民族的歷史使命「消滅日本」，收服該列島建設成「中國扶桑省」，那時我們中國詩人將有多少「旅途詩抄」可以寫！《啊，故鄉》詩集，每一首詩都是金土的人生旅途詩抄。用他滿滿的愛和真情，歌頌人生！歌頌祖國大地所有的人事地物，因此我歌頌金土！歌頌我夢遊的國土！

註釋

註一 陳福成，《日本問題的終極處理：廿一世紀中國人的天命與扶桑省建設要綱》（台北：文史哲出版社，二〇一三年七月）。

註二 金土，〈車出哈爾濱〉，《啊，故鄉》（北京：中國文化出版社，二〇〇四年八月），頁一九四。

註三 金土，〈車過長春〉，同註二書，頁一九五。

註四 金土，〈車過鐵嶺〉，同註二書，頁一九五—一九六。

註五 齊邦媛，《巨流河》（台北：天下遠見出版股份有限公司，二〇〇九年十二月十日）。巨流河是遼寧省的「母親河」，我國七大江河之一，這條河古稱句驪河，清代稱巨流河，現在叫遼河。

註六 陳福成，《中國近代黨派發展研究新詮》（台北：時英出版社，二〇〇六年九月〉，第一章。

註七　金土，〈車過沈陽〉，同註二書，頁一九六。

註八　金土，〈車過北戴河〉，同註二書，頁二〇〇。

註九　金土，〈蘇堤白堤〉，同註二書，頁二一二。

第九章 動物開講詩，棒喝人腦袋

我在前章提到，地球上會動的和不會動的，金土在《啊，故鄉》詩集大約都寫到了。這樣的「索句」，怎能不「苦思」？但這也和他長年在農村，接近大自然，才認識這麼多動物，能詩說其特質，這和很多現代人「經常吃豬肉、未見豬走路」大不同，金土確實「認真、用心」在生活。從這本詩集第七集〈我的生活〉看，金土的日常生活，就是一種探索和創作，是他的人間修行，很用心而又很平常心的人生修行。

吾國明代大學者王陽明先生有一首修行詩偈，「飢來吃飯倦來眠，只此修行玄更玄；說與世人渾不信，卻從身外覓神仙。」曾經有人問禪師：「您是怎樣修行的？」禪師答：「我就是吃飯和睡覺。」

問者反問：「我們也同樣吃飯睡覺，難到不是修行嗎？」禪師搖搖頭說：「不然！你們吃飯挑肥撿瘦，食不知味；睡覺輾轉反側，心中有牽掛，睡不安眠。可是我吃飯菜根香，睡覺不想別事，睡得安然。因此，同是吃飯睡覺，效果不一樣，境界也不同！」

確實，同樣在生活，有人似乎沒有生活過；同樣也是人生幾十年，有人精彩，有人「好像沒有活過」，天天吃豬肉，不知豬會走路，天天吃飯，也不知道飯由米煮來，以為就是天上掉來。

金土放羊寫出羊詩，養豬寫出豬詩，他深刻的生活在鄉土大自然裡。如〈家珍十三吟〉就有馬、騾、驢、牛、羊、豬、雞、鴨、鵝、兔、狗、貓、鴿等詩；寫在《張云圻詩歌筆記》出版時有幾十首小品，如公雞風流案、公雞斗、貓狗錯位、籠中鳥、箱中兔、缸中魚、窩中狗、井中蛙、螞蜂窩、蛇、蟬、鷹、蟹等，其他甚多，除了詩寫生物特質，也透過文學趣味性給人某種啟示。這種書寫技巧，文學上叫「物化」或物語，也是一種創作境界，如寫大海，詩人融於大海，乃至成為大海；其他亦如是，寫豬狗，詩人融於豬狗，乃至成為豬狗，從豬狗的眼睛和心思看世間一切。本章隨機選幾首賞讀，〈狼〉。（註一）

狼是肉食動物
有一天和兔子相遇
嚇得兔子趕忙跪地
全身觳觫

鼻涕一把淚一把
苦苦央求：
「狼爺呵狼爺
饒了我吧
真的把我吃掉
無妨
可憐的是家中病妻
還有一個兔崽子
無人照料……」
狼笑了笑，說：
「快起來吧
告訴你
你很幸運
我剛在狐狸家吃的雞餐
肚子飽了就不想再吃了
可以放你一條生路……」
可有的人吃飽了還吃

受賄、貪污、明搶暗奪
視錢如命，貪婪無厭
看來真不如狼

這是一隻「狼格」頗高的狼，甚至比很多人高，也頗有慈悲心，比很多人類慈悲，這是啟示之一，人的格調和仁心不能連狼都不如，「狼心狗肺」一詞恐要修正其意。再者，諷刺「可有的人吃飽了還吃」，世上許多受賄、貪污、搶奪……可謂無日不有，都是吃飽了還吃，凡此皆是真的不如狼。

但思考詩人為何如是布詩局？不外是對時局的批判，可能當時媒體正報導某一貪污案，詩人有感而發。也可能詩人心血來潮，靈感突發，刻意要罵人，但詩講究文雅，不能帶著髒字，借用狼口罵人，這首詩共罵了六種人。讀者看官們，你是這六種人之一嗎？有則改之，無則嘉勉啊！吃太飽也有害健康。賞讀〈虎〉。（註二）

愚昧的虎向特大號的一面鏡子跑去
發現另一只老虎向自己奔來
它張牙舞爪，另一隻也張牙舞爪

它怒目圓睜，另一隻也瞪起眼睛
糟糕，已知遇著對手了
忽想起狹路相逢勇者勝
一躍而起，猛地向對方扑去
咣當，頭撞個大窟窿
鮮血汩汩地流下來，險些喪命
貓是老虎的師傅特向徒兒指出
無知就會被他人（鏡子）愚弄

高明，「金土式寓言」，也寫出很多人的歷練過程中，可能人生旅途初期不懂事，或悟性不高，經常撞得滿頭包，「苦幹實幹、徹職查辦」，仍想不出到底錯在那裡？或根本沒錯。只是被愚弄，被設計了！

人生說穿了，全在「智慧」二字，路怎麼走？進或退？一切選項，都離不開智慧。但人不是神佛，人的智慧無論多高，也達不到「圓滿」的境界，所以有史以來，眾生的一輩子跑不掉有某種程度的挫折或失敗，甚至被愚弄等困局，古之秦皇漢武，今之川普、普丁……金土和我等小人物，都不例外，絕無百分百的成功和圓滿。

〈虎〉詩的積極意義在向眾生說法，不要當一個無知、愚昧的人。偏偏眾生充滿著貪瞋痴慢疑等種種愚昧無知，難以開悟，眾生與佛的差別只在「覺悟」二字，所以人生要從愚痴「解脫」很不容易。吾國大唐時代有個寒山大士就感嘆：

生前太愚痴，不為今日悟；
今日如許貧，總是前生做。
今生又不修，來生還如故；
兩岸各無船，渺渺應難渡。

「兩岸各無船，渺渺應難渡」，如果我們前世今生都不努力修行，我們的人生就會像生死海的兩岸，沒有可渡的船。那麼，我們怎麼從迷妄到覺悟？寒山論述當然從佛法出發，佛法是一種「自然法」（如因果、因緣），佛不說，自然法也是宇宙存在的法則。前面我提到，金土的生活是一種人間修行，他經由「虎詩」的領悟，證明他七十多年的人生經驗，已漸漸成為一個智者，不會受到任何愚弄。〈狗和牛〉也很有趣，閃著智慧之光。（註三）

忠實者吃屎
勤勞者吃草
「汪汪」—狗在問：
「上蒼為何這樣安排？」
「哞哞」—牛在說：
「人間存在不公道」
其實，不應有怨氣
原因嘛，還得在自己身上找

這首詩有十足的想像張力，也有深刻的反思和質疑。「**忠實者吃屎／勤勞者吃草**」，似乎別有意涵，難道是騙徒和懶鬼才吃香喝辣？突顯世間一切怪現象，所以狗和牛都心有怨氣。

詩人對狗和牛的不平，說了重話，如古代禪師棒喝，「**其實，不應有怨氣／原因嘛，還得在自己身上找**」，給狗和牛當頭各一棒，不知牠們悟了沒？

牠們當然不會悟，因為這話也不是說給狗和牛聽，而是說給人聽，俗言「狗改不了吃屎」，台灣有俚語「牛從北京牽到東京還是牛」，牛牽到牛津吃草兩年還是牛。諷刺一些不知長進的人，這詩還有更高意涵，暗示每個人的人生路都

是自己走出來的，問題都在自己身上，不要老怪別人說環境不好，成敗好壞都自己要負責。賞讀〈蜘蛛精神〉。（註四）

在我遇到困難的時候
最愛看蜘蛛織網
當看到它一絲一絲地織
就會獲得力量
當看到它把一張網織成
就會看到希望
我是一個偉大的人
難道就沒有小小蜘蛛的能量
不！戰勝困難並不難
只需有蜘蛛精神──堅強

用堅強形容蜘蛛精神似不夠「具象」，我深思之，三十六計的第四計「以逸待勞」，較合蜘蛛精神（智慧或戰略）。歷史上典型戰例是三國時東吳陸遜大破蜀主劉備，此例因《三國演義》流行，大都熟悉。另戰國末期秦將王翦破楚之戰，東漢時馮異滅隗囂，都是有名的「以逸待勞」戰略之用。此計源於《孫子兵法》，「以逸待勞、以飽待饑」（軍爭篇），強調「先處戰地而待敵」（虛實篇）。就蜘蛛織網捕食形像，牠「先處戰地」經營戰場，待敵入網，一舉滅敵（吃掉），其思維邏輯，和陸遜、王翦、馮異的戰略運用，多麼相似，蜘蛛精神可敬可學！

另第二十二計「關門捉賊」也和蜘蛛網戰幾分神似，歷史戰例如戰國末期秦將白起殲滅趙國四十萬大軍的「長平會戰」，以及唐朝僖宗時黃巢兩佔長安。但金土〈蜘蛛精神〉一詩，主要在鼓舞人，不要連蜘蛛都不如，「我是一個偉大的人」，並非詩人說自己很偉大，而是說「人為萬物之靈的偉大」，面對困境要堅強。因為蜘蛛都那麼堅強了，人怎能不堅強？賞讀〈五條腿牛〉。（註五）

五條腿牛就因多了一條腿
身價倍增，被牽進公園裡
精料飼養，還經常梳洗
專供遊人觀看，都說稀奇
四條腿牛拉車拉犁幹活去

流大汗挨大累都很服氣
它說：沒有特殊的能耐
就別想叫人家弘揚你

這是一首讀起來感覺比較複雜的詩，小時候常有馬戲團表演，經常看到「與眾不同的人」，如特別矮的矮人，半人半猴的怪人等。**「專供遊人觀看，都說稀奇」**，小時候高興看熱鬧，但長大後想起這些印象，其實是有些感傷的。金土在這詩的第一段，把五條腿牛寫成稀有「寶物」，多讀兩回，為牛感傷之情油然而生！

第二段也有強烈的言外之意，**「它說：沒有特殊的能耐／就別想叫人家弘揚你」**。對四條腿牛而言，五腿牛是「特殊能耐」，得享有特權又不須工作，眾牛都服氣；另也暗示人類，在各行各業想要出頭天，讓人家都來弘揚你，要有特殊能耐，在某方面有超越所有人的能耐，成為該行業的領導者，大家都必然要弘揚領導。〈小羊〉一詩則有政治意涵。（註六）

小羊牽著我
來到田埂上吃草

又肥又嫩又綠的草葉
足讓小羊吃個飽
可小羊貪婪、嘴饞
偏去埂旁偷青苗
氣得我抽它一鞭
痛得咩咩直叫

我牽著小羊
來到田埂上吃草
苗葉送到羊嘴邊
小羊就是不去咬
苗主人不知啥原因
小羊知道我知道
自從搞起羊法治
多少壞羊都變好

以小羊喻人，詩人喻法治，人類社會要推行法治，沒有法治社會必亂。「小

羊牽著我／來到田埂上吃草……偏去埂旁偷青苗」，小羊當然不會牽著誰，比喻人治高於法治，乃至法律被人「牽著鼻子走」，成了無法無天的社會，就容易出現暴力**「氣得我抽它一鞭」**。當社會必須靠暴力維持秩序，表示社會將面臨崩解。

「我牽著小羊……自從搞起羊法治／多少壞羊都變好」。暗示社會依法而治，人的行為全在法律規範下，且人人守法，當然就沒有壞人了。就算本來是壞人，但都能守法，也就成了好人。

這首詩用小羊比喻人，深意也讓人引發聯想，為何不用牛馬獅虎？因為羊易於迷途，西方天主基督教總是把人類稱「迷途的羔羊」，應是有些道理。詩意暗示人（人民）大多容易迷失、迷途，容易受到鼓動，因此必須以法律規範，才能維持社會安定，確保人民福祉。

小結

男人女人講究情緣／公雞母雞也講愛意／看著母雞生蛋很累／公雞常勸注意休息／捉到蟲豸捨不得吃／送給母雞補養身體／轉眼之間到了冬天／草木乾枯冰天雪地／豺狼回避鳥藏窩裡／大

蟲小蟲銷聲匿跡／公雞愁得紅了冠子／今後何處去把蟲覓／母雞
長時斷了美食／如何不能大發脾氣：／「公雞公雞請聽仔細／吃
不到蟲就吃你冠／不然咱就去把婚離」／公雞一片好心可讚／換
來狗肺實在可氣／大罵母雞不是東西／拿離婚嚇我嚇不住／飛到
法院去辦手續／母雞萬萬沒有想到／公雞竟然恁地無畏／怕事鬧
大不好收場／三角眼睛頓時落淚／說話突然變得和氣：／「公雞
公雞莫要動氣／咱倆也是夫妻一回／回思以前恩恩愛愛／真的離
婚我不同意」／公雞聽罷仰天長嘆／早知今日當初何必／公雞大
肚得理讓人／便和母雞回到家裡／原來母雞也非孬種／心裡明白
誰錯誰對／越思越想越增情感／從此以後更愛公雞／卿卿我我形
影不離／捉不到蟲它就吃米　（註七）

〈公雞和母雞〉，四十一行不分段一氣貫通，幽默、趣味又可愛的詩，只有心懷赤子心的詩人才寫得出來。雖寫的是雞事，實際上在講人事，講夫妻相處之道，按詩意隱約有些暗示。其一、女人不可太寵她，寵慣了，光會過好日子，那天不順她意，她便翻臉如翻書。

其二、男人在該強硬就要強硬，大丈夫何患無妻！不要女人說離婚就成了孬種；但男人也要有得理讓妻的胸懷，此其三也。

這首詩若要找個毛病也有，用公雞母雞比喻人類夫妻似也有類比上的問題，因為人類以一夫一妻制婚姻為正常，而雞類是一夫多妻制，一隻公雞配很多母雞。若改公鴛鴦和母鴛鴦或許較佳，因為同是一夫一妻，只有少數的意外。

搞文學詩歌的人都知道，「想像力是文學的點金棒」，金土深悟這個道理，所以他有不少「動物開講詩」，每一首都棒喝人腦袋，引人深刻反思。這也顯示金土經營詩歌數十年，確實功力不凡！

註釋

註一　金土，〈狼〉，《啊，故鄉》（北京：中國文化出版社，二〇〇四年八月），頁二八九—二九〇。

註二　金土，〈虎〉，同註一書，頁三二二。

註三　金土，〈狗和牛〉，同註一書，頁三二〇。

註四　金土，〈蜘蛛精神〉，同註一書，頁三八五。

註五　金土，〈五條腿牛〉，同註一書，頁二五七。

註六　金土，〈小羊〉，同註一書，頁三三。

註七　金土，〈公雞和母雞〉。同註一書，頁一四二—一四三。

第四篇 《皎潔的月光》賞析研究

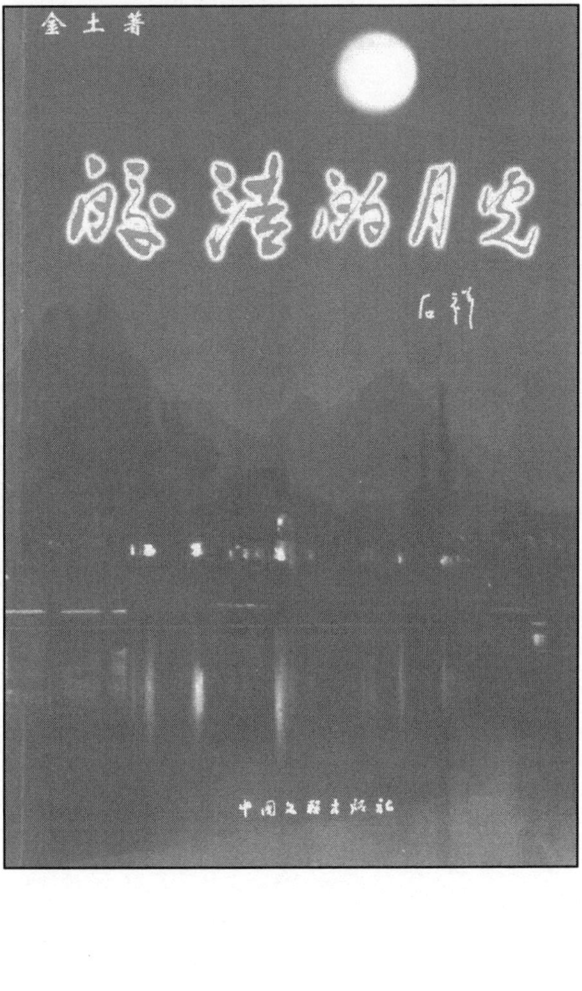

整个会场都在听，声音宏亮吐词清。
这是金土在发言，阵阵掌声如雷鸣。

第十章 愛與人生，徐志摩與金土情詩比較賞析

金土的第三部詩集《皎潔的月光》，五輯數百首詩，我仔細的讀了一回，全書的核心意象很鮮明的傳承了我國自李杜以來「月亮是中國人永恆的鄉愁」，皎潔的月光永恆的照耀神州大地，我們熱愛的這片山河。因為月光，我們更溫馨、眷戀的家園，任何時候我們「舉頭望明月，低頭思故鄉」。

打開詩集就看到李保安的序，在我的金土詩歌研究過程中，主角以外的詩人作家群像，李保安第一個給我深刻的印象。一九七二年底，金土在萬家公社初識黨委書記李保安；二〇〇五年六月，金土、李保安和李光「綏中三詩友」，一起到北京參加中國詩人節」，之後這三人在中國文壇詩界共同開展出一片鄉土美景。這是在研究金土這個人，不能忘記的兩位詩友夥伴，共同建構綏中文學的三位「詩人工程師」。

李保安在詩集序〈月光過後是早晨〉一文，提到楊子忱的評論，還有李保

安自己提出的「六大闡述」。（註一）他就近觀察到金土的「原汁原味」，比我的幾千公里外想像就更真實了，這也讓我的金土研究不致失真太多。但我想，從一個「生長在台灣的中國人」的思維，是否可以有不同的研究心得？何況，我可能是台灣詩人作家群像中，唯一深入研究金土作品的人。（我正連繫把金土的一套詩集贈台灣大學圖書館，或許未來也有其他的金土研究者。）研究中國鄉野的土壤，除了可以種出各種農產，怎樣又種出一位農民詩人。

《皎潔的月光》詩集有五輯，以一、四兩輯各由專章研析，二、三、五在本章略述。尤其第二輯〈愛的方式〉，雖然詩寫現代農村社會百花齊放的「愛情模式」，也是金土愛情觀的詩意表達，愛情更是金土人生的重要價值，這和當代中國詩人的愛情觀及其情詩有何不同？

在大陸詩壇有關金土詩的評述雖多，卻未見有比較正式的「比較研究」，因此有本章比較賞析的安排。再者，現當代中國（民初至今這百年間）詩人，男性詩人寫情詩雖多，但誰才夠資格來和金土做比較研究？

一、徐志摩的愛情人生與情詩特色

為何選擇徐志摩情詩做比較評述賞讀？很大的原因是徐志摩情詩，兩岸詩論家共認是「百年來情詩第一把手」，也就是他寫出最經典的情詩。到底情詩怎樣才叫最經典？著名的兩岸重量級詩人與詩評家高準先生，有一個重要的「定論」，謂詩究竟為哪個女子而作，並非重要，詩「本身具有獨立的意義」才重要。（註二）

> 它（情詩）可以完全的撇開作者個人瑣事而自主的表現出一種歌頌戀愛自由、沖擊封建束縛的普遍意義，而具有積極的浪漫精神。這詩形式比較整齊，感情熱烈而要求著共同的反抗，是一首具有引起行動之誘力的情詩。

這是最經典、最成功的情詩嗎？所謂「普遍意義」，應該就是指任何女子讀到他的詩，都會產生心動，乃至想和他「私奔」的衝動，才叫「引起行動之誘力的情詩」。但所謂「沖擊封建束縛」和「要求著共同的反抗」，明顯是徐志摩和陸小曼特別「量身打造」。賞讀這首徐志摩的經典情詩，〈這是一個懦怯的世界〉。（註三）

這是一個懦怯的世界：
容不得戀愛，容不得戀愛！
披散你的滿頭髮，
赤露你的一雙腳，
跟著我來，我的戀愛，
拋棄這個世界
殉我們的戀愛！

我拉著你的手，
愛，你跟著我走：
聽憑荊棘把我們的腳心刺透，
聽憑冰雹劈破我們的頭，
你跟著我走，
我拉著你的手，
逃出了牢籠，恢復我們的自由！

跟著我來，

我的戀愛！
人間已經掉落在我們的後背——
看呀，這不是白茫茫的大海？
白茫茫的大海，
白茫茫的大海，
無邊的自由，我與你戀愛！

順著我的指頭看，
那天邊一小星的藍——
那是一座島，島上有青草，
鮮花，美麗的走獸與飛鳥；
快上這輕快的小艇，
去到那理想的天庭——
戀愛，歡欣，自由——辭別了人間，永遠！

在中國現代文壇詩界上，徐志摩和陸小曼的故事，可以說是無人不知的，如這首詩確實充滿愛的誘惑，「徐志摩式」的愛情，有如戰場上的遊戲只有生死二選一，又像政治上的「零和遊戲」只有勝和敗兩種結果。可以說，怎一個「絕」字了得！他的戀愛也是一種「神話式」的，「辭別了人間」，人間無法存在，只存在「理想的天庭」。而在人間，可期待的是一瞬間的完美。

詩人為何有這樣神話式的愛情觀，當然是和徐志摩個人的人生觀和人生哲學有關，他視戀愛成敗為人生成敗的唯一指標。他在《愛眉小札》這樣說：**「戀愛是生命的中心與精華；戀愛的成功是生命的成功，戀愛的失敗，是生命的失敗，這是不容疑義的。」**（註四）他在〈致梁實秋的信〉一文中說：**「我們靠著活命是愛情、敬仰心和希望。」**最後胡適在〈追悼志摩〉一文說：**「他的一生是愛的象徵。愛是他的宗教，他的上帝。」**（註五）天啊！徐志摩把愛情當宗教，當成心中的上帝，人間何處尋？

徐志摩情詩雖「絕」，充滿誘惑，據聞正是合乎經典情詩的三要素「野、媚、俏」。（註六）也就是性愛誘惑力，如這首〈別擰我，疼〉。（註七）

「別擰我，疼，」
你說，微鎖著眉心，
那「疼」，一個精圓的半吐，

在舌尖上溜——轉。
一雙眼也在說話，
睛光裡漾起
心泉的秘密。
夢
灑開了
輕紗的網。
「你在哪裡？」
「讓我們死，」你說。

在〈這是一個懦怯的世界〉，徐志摩打了一場勝仗，擄獲有夫之婦陸小曼的芳心，到寫了〈別擰我，疼〉，徐陸二人關係已非尋常。如這詩意，二人在房間裡打情罵俏，多野、多媚，多麼令人心跳。但這種野媚俏其實也只是肉體和心理的瞬間感覺，徐氏愛情觀的「神話式絕對完美」，只是二人之間瞬間的火花，瞬間亮麗即滅，不失為人世間傳奇之一。

二、金土的愛情人生與情詩特色

《皎潔的月光》第二輯〈愛的方式〉，共有五十多首愛的頌歌，有寫他自己，有寫廣大農村各種愛的表達。這些詩作多少也是人生觀、愛情觀的表達，另在第六章〈金土和馬煥云的愛情傳奇〉，對於金土情詩特色相信也有幾分把握。本章再從〈愛的方式〉輯中，擇要略述，都當成與徐志摩詩的比較賞析，賞讀〈初戀〉。（註八）

1

聽了亞當和夏娃的愛情傳說
聯想起我的愛情生活
那時我剛二十出頭
心裡燃燒著青春的火

2

我倆家是對面住著
中間只隔一條河
我看過她挑水的翩飛姿影
她聽過我唱的優美山歌

3

河上搭著雙人行的木橋
我倆常從橋上擦肩過
偷偷瞟了她一眼
俊得就像剛出水的荷

4

來到田裡一塊兒勞動
還發現她有強健的體魄
種穫收打樣樣通
比賽專找棒小伙

5

天上星星數不清
心愛的姑娘就一個
夜晚村裡放電影
兩人並肩挨著坐

6

趁著大家不在意
悄悄地貼她耳根說：
「我—愛—你」！
羞得她捂上兩耳朵

7

電影散場我倆都沒走
她卻用手指往我腦門上戳—
真愛不必表白
要把它珍藏在心窩……

這首〈初戀〉幾乎可以說是詩人自己的初戀詩記，二〇〇五年榮獲中國作家創作成果金獎，金土以中三奇之名寫〈詮釋一首好詩〉一文，說明〈初戀〉創作意涵和過程。（註九）從這首詩意看見愛情發生的過程，情詩創作方法和愛情觀，就和徐志摩式愛情有很大差異。

前兩段描述醞釀愛情的兩個基本條件，第一段的內環境每個亞當和夏娃**「那時我剛二十出頭／心裡燃燒著青春的火」**。這個內環境是眾生的「共相」，所有生物的本能。第二段的「外環境」是緣，有了兩家相鄰的地緣關係才易於生成自然的緣。若一家住東北，一家住江南，則出現結緣的可能性接近零。

第三、四段是因緣漸漸成熟的過程，「窈窕淑女，君子好逑。」年輕小伙子那能不找機會**「偷偷瞟了她一眼」**？發現她美麗、健康又勤勞，正是心中最愛的對象。到此，算是戀愛初步，下一步就等姑娘同意「認證」。

第五、六段是戀愛的成功階段，**「天上星星數不清，心愛的姑娘就一個」**。這裡體現詩人的愛情觀，在詩意上也有強大的張力，讓無數星星和只愛一人形成強烈對比，暗示自己是「從一而終」的人，當然就必然擄獲芳心。最後到了示愛的時機，**「我—愛—你／羞得她……要把它珍藏在心窩……」**可宣布戀愛成功了。

整首詩的情境發展自然而含蓄，可以說是中國式的兩性戀愛的自然模式。尤其五十年前的中國農村社會，人性人心不僅純樸，也未受到西方過度開放性愛的影響，詩情人品都充滿著真善美。

從這首詩理解金土的情詩創作和愛情觀，再連接到第六章所舉例各詩，〈愛情剛剛萌芽〉、〈妻子是一道風景〉、〈晚歸〉、〈惜別〉、〈我的第一個讀者〉、〈月光曲〉、〈想？〉、〈哭妻〉、〈妻逝兩年桃園墓前哀悼〉等，綜合賞析不僅更有完整性，金土和徐志摩的比較，其異、同就更清晰了。

〈愛的方式〉一輯有幾十首好美的情詩，〈愛是什麼〉、〈真愛〉、〈地瓜地裡的愛情〉、〈她又來了〉、〈河邊〉、〈夜等〉、〈美好的夜晚〉、〈羞羞答答〉、〈妻子〉……每一首都很值得拿來品賞解析。賞讀〈河邊〉。（註十）

不像約會
像是約會
小伙剛到河邊
姑娘也來這裡
像是釣魚

不像釣魚
長長魚竿水上放
魚兒咬釣也不提

像來學習
不像學習
手拿書兒佯作翻
眼睛卻在看著水

不像有意
像是有意
河邊沒有攝影師
卻讓水影結成對

這真是一首妙又神的好詩，自然含蓄之美，讓人身心靈境界都提昇了，可謂「不著一字，盡得風流」，難怪得「詩國杯」徵文大賽獲一等獎。但這首詩在《張云圻詩歌筆記》詩集原版不同，抄錄做比較賞析，「不是約會／像是約會／小伙剛到河邊／姑娘也來這裡／／不是釣魚／像是釣魚／魚竿就在河邊放／倆人卻一同學科技／／你顧眄我／我睥睨你／相愛不好意思講／假裝低頭看著水／／不是有意／像是有意／河邊沒有攝影師／暫讓水影結成對」。（一九八九年七月二十日）（註十一）

新舊兩版〈河邊〉，新版是經過《中國鄉土詩人》副主編黃秋聲老先生刪修，果然境界全出，詩意更美更有想像空間。修改後的〈河邊〉寄給《雪國》詩刊，獲詩國杯一等獎，顯示老先生功力亦是不凡。

小　結：兩家比較與人生感悟

愛情是金土人生最重要的「含金量」，最亮麗的人生風景，但非人生的全部；而大詩人徐志摩，愛情是他人生的全部，愛情是他的上帝。兩家情詩和愛情觀，都可以從他們的作品，清晰的看出異同。

金土和徐志摩情詩相同處：如前述詩評家高準所論，徐志摩情詩有「普遍性意義」，任何女子讀了必使她共鳴動心，產生愛的誘發力，這是情詩不凡的力量。金土的情詩「能夠帶有磁性，把我牢牢吸住；能夠一口氣讀完，一連讀了好幾遍；能夠一下子抓住我的心靈，思想上產生共鳴；能夠感到字字珠璣，愛不釋手……」。（註十二）這樣的情詩，也已經具有相當程度的普遍性。

金土和徐志摩愛情觀不同點：灱志摩的愛情是生死、成敗的零和選項；金土則是和諧共贏，大家歡喜。物志摩是西方自由戀愛觀，超越倫理、道德之外，甚至愛情至上，打破倫理道德亦可；金土是中國式傳統愛情觀，遵守倫理道德規範。犴志摩的愛情就像「戀愛、戀愛」，不能進入婚姻，一進婚姻，愛情就死；金土的愛情可以進入婚姻，愛情不因婚姻而死，夫妻一輩子仍有愛情。犵志摩的愛情是神聖偉大的，不存在人世間，只應天上有；金土的愛情是平常平凡的，存在人間鄉土中。玎志摩的愛情是打開了性愛的「潘朵拉」盒，力求人性全面解放；金土藏性愛於潘朵拉盒中，力求真善美於含蓄中。

如果要給這兩家人生、愛情觀一個適當的定位，徐志摩屬「理想主義的浪漫主義者」，金土則屬「務實主義的浪漫主義者」。前者偉大而人間難有，後者平凡而人間少有。

詩集第三輯〈人生感悟〉有六十多首詩，不失金土詩作的一貫風格，有些和動物相關的作品，更是發揮了金土模式的幽默，如〈狗市所見〉，**「狗市有條卷毛狗／主人誇它忠於主／主人對它卻不忠／有人付款就出售／臨別汪汪汪汪叫／強烈抗議和陳述—／做狗沒有人偉人／做人不能不如狗！」**。（註十三）

這樣的邏輯思維，真乃千古一絕，世上確有很多人「做人不如狗」！其他如〈狼犬〉、〈老母豬患病〉、〈選蟻長〉、〈象國廉政〉，都是借動物說話，詩述人生感悟，意涵深長又幽默。賞讀〈人生感悟〉。（註十四）

小時候　媽媽最親
她用甘甜的乳汁
哺育我長大成人

上學時　老師最親
她用諄諄的教導
澆鑄我的靈魂

結了婚　妻子最親
柴米油鹽非小事
吃燒穿住擔大任

到晚年　兒女最親

高高興興地度過
全憑她們來孝順
死以後　土地最親
它能把我永遠地
永遠地珍存

金土的生命觀，樂觀、達觀、感恩，這樣的人活的快樂，活的自在。因為他人生的每個階段都活在「愛河」裡，並用詩歌頌揚他四周的一切，歌頌人間的真善美，對貪腐批判下手也很幽默。就算有段「亦苦」的日子，他出門到各地討賬討債，日子不好過，他依然**「我每天油條漿子／省錢，還滿嘴的甘甜」**，思念家裡老婆**「生了白髮的妻子啊／天冷，可多穿了衣衫？」**。（註十五）這便是金土的愛與人生，這是我所感知的，但我總擔心相距千里外，對金土的認識不夠真實！

詩集第五輯〈評議〉，有楊子忱、張春海、雒善志、宋海泉、李俊功、馬忠、趙鴻德、王維江、李海英、邵東、李光、葉文祥、韓鍾昆、劉福林、侯英漢、郭文臣、俞中斌、朱錫魁、李保安、張振新、白頻、方桂德、馬長富，各名家評述與贈詩，經由這些文論、評議，我看到一個更真實的金土。

註　釋

註一　李保安，〈月光過後是早晨—序金土詩集《皎潔的月光》〉，金土，《皎潔的月光》（北京：中國文聯出版社，二〇〇六年元月），序頁一—六。李保安，原綏中縣人大副主任，中國鄉土詩人協會、葫蘆島市作家協會會員，曾任綏中詩社社長、《葫蘆島演義》副主編，二〇〇五年出版《詩意人生》詩文集。

註二　高準，《中國大陸新詩評析》（一九一六—一九七九）（台北：文史哲出版社，一九八八年九月），頁九三。

註三　徐志摩，〈這是一個儒怯的世界〉，《我是天空裡的一片雲：徐志摩詩選》（台北：格林文化事業有限公司，二〇〇〇年六月），頁三五—三六。

註四　金尚浩，《中國早期三大新詩人研究》（台北：文史哲出版社，民國八十九年七月），第三章，第四節〈愛情的耽溺與思索〉。

註五　同註四。

註六　劉心皇，《徐志摩與陸小曼》（台北：大漢出版社，民國六十七年八月十五日，二版），第八章。

註七　徐志摩，〈別擰我，疼〉，同註三書，頁八七。

註八　金土，〈初戀〉，《皎潔的月光》，頁一二七－一二八。

註九　中三奇，〈詮釋一首好詩〉，同註八書，頁三九八－四〇〇。

註十　金土，〈河邊〉，同註八書，頁一四五－一四六。

註十一　金土，〈河邊〉，《張云圻詩歌筆記》（長春：吉林攝影出版社，二〇〇三年二月），頁二五四。

註十二　同註九。

註十三　金土，〈狗市所見〉，同註八書，頁二六五。

註十四　金土，〈人生感悟〉，同註八書，頁二〇五。

註十五　金土，〈思念〉，同註十一書，頁九七。

第十一章 皎潔的月光，中國人永恆的鄉愁

說起了鄉愁還真是令人愁，最愁的是一九四九年隨老蔣流亡南蠻孤島的兩百萬軍民同胞們，裡面有很多大作家名詩人，寫了無數鄉愁作品。到了他們的第二、三代子孫，鄉愁慢慢會淡，這也是生物演化的必然道理，所有的故鄉都是從異鄉逐漸轉型而來。

但異鄉變故鄉的「轉型期」很長，通常要幾代人約百年之久。除非用政治力介入操作，例如台灣從老漢奸李登輝開始，透過政治、教育系統的「洗腦」宣傳，大約花二十多年，就可以讓很多新一代背叛祖宗、否定祖國，不承認自己的炎黃血緣關係。這群被洗腦洗到背叛自己靈肉的台獨傾向者，其實內心也很掙扎，幾乎都要得精神分裂症了，因為故鄉源自父祖血緣和地緣關係，除外國人，所有台灣人先祖都從大陸來，要全盤否定是不可能的。

所以，就正常情況來看，少數的台灣人鄉愁比大陸十四億同胞鄉愁更重更濃。尤其第一代來台的作家詩人群，鄉愁對他們產生的吸力簡直超過「黑洞」。台灣詩壇大師天王級詩人洛夫，他著名的三千行長詩《漂木》，可謂鄉愁超過極限後的「自救」途徑，自我放逐。該書的第二章〈鮭，垂死的逼視〉，以鮭魚生命最後必須回歸原鄉的驚恐意象，象徵自己只能「精神回歸」祖國，以解鄉愁。而肉體如「漂木」，流浪在異鄉加拿大，因為他不願身居台灣，也不願意回歸祖國。（註一）

遠離龍門
那夢魘的閘口
進去一身傷痕
出來一身疤。遠離江湖
十年燈火在夜雨中一盞盞熄滅
濤聲，遠離碼頭
遠離我們胸中毒性很強的鄉愁
……
把腐敗的肉身

一絲絲分配給每一個子女
吸吮血水就夠了
淚則留給我們自己
我們需要一些鹽，一些鐵
一堆熊熊的火
我們抵達，然後停頓
然後被時間釋放

可見得鄉愁無解是很苦悶的，最後自己只好躲進虛無的避風港內。簡政珍在《漂木》的序〈在空境的蒼穹眺望永恆的向度〉一文指出，「漂木」為名，漂流、流蕩、放逐、離鄉背井當然是最明顯的題旨，洛夫移民加拿大，就是「漂木」的另一個身世。詩人為何遺棄了台灣和大陸？寧可放逐於異鄉，簡政珍有一段評述。（註二）

> 大陸（故國）的山水，在現代化的旗幟下，成為特異的拼圖：「黃浦江。脂肪過多而日趨色衰／秦淮河的月色。趕走了麻雀飛來了蒼蠅」。風景變色，而人世呢？「泛白的牛仔褲。吞下三粒威

而剛也不管用」。大陸在成長中過渡，在過渡中成長。但成長的悲劇卻使既有的價值煙消雲散。成長引來對過去的鄉愁，這對放逐者更是如此。空間性的放逐總和時間性的放逐，相互糾葛。

台灣呢？更是啼笑皆非。「寶島林木蔥鬱／內部藏著日趨膨脹的情慾，和／大量貪婪的沉澱物」。林木蔥鬱，蘊藏生機，但只是醞釀情慾和貪婪。最後整個「寶島」只是沉澱了這些錯誤情緒的排泄物……島國文化，一種反淘汰的倫理。越是怪異，越能受到島民的推崇……對於這樣反淘汰的社會，還有什麼可說的呢？

原來洛夫無解的鄉愁，強迫自己去流浪，原因是對台灣絕望，台灣成為一個貪婪而反淘汰的社會，寶島終將成為一團「排泄物」。多嚴重的批判！多麼絕望！而大陸也因現代化出現「成長的悲劇」，身為中國人的洛夫，只好自我放逐，讓鄉愁吞沒他的身心靈。

在談金土作品之前，先有這些鄉愁引述，乃為題解，吾以為鄉愁感是部份物種（人類、鮭魚、大象等）的本能，人類各民族都有，只是中華民族特別濃重。再者，鄉愁有多少，並不在月光是否皎潔或有無月光，我相信就算沒有月亮的存在，人類依然有鄉愁。那麼，「皎潔的月光」和「中國人永恆的鄉愁」

如何連接呢？

這便是中國文學意境奇妙之處，月光（明月、月亮）在中國文學裡是一種「習慣意象」（或叫現成意象），它由古代文學在審美或藝術活動所創造，感染力和表現力都很強，而被歷代文學藝術創作者所沿用的意象。這種現成意象，由於意蘊的現成性和固定性，詩人最為方便運用，只要用月光（明月），就代表思親懷鄉、愛鄉愛土愛國之情懷，讓讀者易於共鳴、溝通。身在異地的兩個人，可以透過月光進行心靈交流，這是一種境界。

為何月光月亮在中國文學有這種功能？原因可能有三：㈠民族、民俗活動（中秋節和有關月亮的故事）的感染力，長久成習慣。㈡偉大的詩人乃至叫得出名字的詩人，無不拿月亮作文章，後代的文人作家就習於沿用。㈢中國人鄉土觀念本來就重。綜合之，中國文人只要看到「皎潔的月光」，必然引起思親懷鄉的感動，擴而大之形成愛國家愛民族愛鄉土的情操。皎潔的月光，乃中國人永恆的鄉愁。但皎潔的月光，只是引起金土思親懷鄉愛國愛土的情懷，他不會有太濃的鄉愁，因為他根本不算遠離故鄉，甚至他從未離開故鄉。賞讀〈皎潔的月光〉。（註三）

誰說三十晚上沒有月亮！
天空中卻出現了皎潔的月光！

我帶著驚疑和欣喜
走訪了一座青翠的山崗
無邊無際的白楊林
在和煦的春風中歡快地唱歌
樹上的小鳥嘰嘰喳喳
仿佛都在驕傲地講——
是它們邀來的
皎潔的月光

下了山
我來到一條大河旁
近水無人舟自橫
遠處漁火燃正旺
兩岸聽濤聲

一路翻波浪
沒用我問
卻對我講
是它流來的
皎潔的月光

山說一樣
河說一樣
越不一樣越迷惘
可我這個人
就好打破沙鍋問到底
加快腳步又走進一個村庄
千家萬户皆入睡
蟲鳴沒有鼾聲響
——呼嗟——呼——嗟——
好似拉風箱
據說日中勞動強度多大

夜晚就有多大的震蕩
人們並未說
我卻眼一亮
就像哥倫布發現新大陸
我竟高興地蹦高嚷：
是他們！
就是他們！
創造出來的
皎潔的月光！

放在整本書的第一首，又以詩題為書名，初讀這首詩還不能深入詩境。還好，書前的〈書名解〉等於是對這首詩完整解讀，**「皎潔的月光／照耀著祖國／照耀著家鄉／照耀著大地……我和嫦娥一樣／最最熱愛／皎潔的月亮／皎潔的月光」**。（註四）但這是就全書的核心意涵而言，〈皎潔的月光〉一詩仍有獨特的一方意境。一者寫出鄉村寧靜的美感，再者是祖國山河大地的壯麗溫馨。

不過我讀到這首的最深意涵，可能絕大多數讀者是難以理解的，也點出千古以來一個很「弔詭、迷惑」的命題，「皎潔的月光」從何而來？當然是太陽光的反射，但這不是詩人要說的，這是學校天文學老師要說的。詩人說**「是他們！／就是他們！／創造出來的／皎潔的月光」**。注意詩人用「創造」，而不是「發現」，這表示如果「他們」不創造皎潔的月光，這世界上就沒有「皎潔的月光」，這就宣示了人的「主體性」和「命名權」甚至人有更高的「權威」，「我說你存在你才存在，我說你不存在你便不存在」；他們創造出皎潔的月光，這世界才有皎潔的月光。「他們」是誰？**「據說日中勞動強度多大／夜晚就有多大的震蕩／人們並未說……」**詩人也沒有說「他們」是誰？保留了很多「空靈」空間（如國畫上的空白），任由觀者讀者發揮想像力。但詩意已暗示是一群勤勞的人創造了皎潔的月光，這群「勤勞的勞動者」又是誰？當然就是廣大的中國農民們。

宇宙間萬事萬物，若無人類「意識」其存在或給予命名，便一切都不存在嗎？科學界按「量子力學」理論給了說法。謂人類意識影響宇宙，沒有意識就沒有真實的世界，「西方極樂世界」（極樂淨土），因人的意識而存在，意識能量與極樂淨土接軌，產生感應。（註五）

〈皎潔的月光〉一詩衍繹出如是深妙之情境，是否詩人有意布局？不得而知，詩意境界確是如此高深。賞讀〈八月十五的夜晚〉。（註六）

一年有十二個月
就有十二次月圓
月光最皎潔
要數八月十五的夜晚

抬頭望月
清晰可見
白亮居多
也有陰暗

白亮可是海洋
陰暗可是高山
那海洋裡的魚是否有人打撈
那高山上的樹是否已經栽滿
我真想生出翅膀
或乘神舟

飛到月上看看
啊！絕對不是為了看看

最要緊的是找到吳剛嫦娥
談出美好的心願
祖國正在大興開發之風
讓我和你們一起
把月球建成美麗的家園

把皎潔的月光從思親懷鄉層次，再上綱到祖國的發展壯大，最後把月球也建設成美麗的家園。這種心理作用（詩言志，所以也是詩人心志的期待），源自兩方面，一者屬於歷史，過去約有一百五十年（鴉片戰爭後），中國人處於「人不如狗」的慘狀，只要有血有肉有情的中國人，無不期待祖國的強大。事實上，從一九四九年到大陸改革開放，因國家處於分裂狀態，中國的國際關係都仍是受制於人，中國人有點自信心是從二〇〇八年辦完奧運才有的。從那時開始，中國人才慢慢醒了，拿破崙口中說的「那隻東方睡獅」醒了，中國要崛起了！民族要復興了！詩人能不頌歌乎？

其次是屬於現代的大國競爭，發展太空科技已成為未來國際強國（能領導國際的強國），最重要並決定命運的國家目標和國家戰略，由「天空」決定「地面」命運，已是很嚴肅的問題。目前有能力發展深太空戰力，並進而在月球、火星建基地，僅美國、中國、俄國和歐盟，中國不能落後，人民也是這樣期待，詩人道出十四億同胞〈含台灣同胞〉的心聲。

當然，就詩論詩，這是一首想像「造境」之作，造境側重理想，以虛構為特徵，但虛構並非夢話，還是在真實情感的基礎上。詩人若非愛鄉愛國之人，也斷然寫不出這樣的作品，詩人無時無刻心懷家鄉，情繫祖國，感動啊！和我陳福成不相上下。賞讀〈懷鄉〉。（註七）

我的故鄉
在飄雪的北方
離開幾十年了
無時不在把她懷想

懷想我的奶奶
小腳僅有三寸長

不停地走呵走了一輩子
也沒走出低矮的茅草房

懷想我的媽媽
坐在豆油燈下納鞋幫
一針一針地納呵納了一輩子
也沒納完痛苦和淒涼

懷想和奶奶一起住過的茅草屋
如今都已蓋上了樓房
懷想和媽媽一起度過的苦日子
如今都已達到了小康

懷想呵懷想
幹嘛要這麼多懷想
毅然乘長風破萬里浪
回到了我懷想的故鄉

奶奶和媽媽都已作古
含淚來到二老的墳旁
驚喜地看到漫天的雪花
落在碑前散發著春芳

一首很有感情的回憶之作，人的年紀越大回憶越多，而前景會越來越少，這是很自然的。所以，這類作品總有淡淡的感傷，但這便是人生，尤其最後一段前兩句**「奶奶和媽媽都已作古／含淚來到二老的墳旁」**，整首詩到此氣氛顯得非常的「存在主義」。幸好最後有了「挽回」，**「驚喜地看到漫天的雪花／落在碑前散發著春芳」**，讓情境在「看到希望」中結束。

從整首詩的布局來，甚為自然流暢，從懷念故鄉開始，懷想奶奶，懷想媽媽，想起來雖然都是痛苦和淒涼，但那是詩人真實成長的故事。**「如今都已達到了小康」**是一個重要的轉變，表示經過幾十年努力，張家已能享有小康生活，更暗示國家搞改革開放是正確的道路。這首詩是半個世紀來，大陸農村發展的縮影，難怪榮獲「中原杯」全國文學藝術徵文賽優秀獎。

這一輯可謂是思親懷鄉專輯，〈家〉、〈鄉村〉、〈回鄉偶書〉、〈鄉路〉、〈故鄉好〉、〈造訪舊屋〉、〈老井〉、〈爺爺〉、〈外婆〉、〈父親母親〉、〈童年回童〉、〈村長和村民〉……這些鄉土味十足的作品，都因鄉愁而起。這麼多懷鄉思親之作，也應該源自**「我是農民的兒子／熱愛農民的生活／最愛看春播一粒種……發誓要不遺餘力地、永遠地／歌唱農民、爲他們寫作」**。（註八）因此，他要當一輩子農民詩人、鄉土詩人，為生活在這片土地上的一切歌頌！記錄生命中所有的鄉愁。

小結

假如有一種制度（或組織），能用五千年而不壞，可能就是「家」，東西方社會不知為何，不約而同的都先從母系社會轉型到父系社會。家的概念至今約五千年了，雖然似有崩壞的現象（同性戀合法是極大殺傷），但應該還可以維持很長時間。中國社會若能「保住」儒家文化，家庭結構就不會崩壞。人類所有親族關係，什麼祖宗十八代，都從家而來。（註九）乃至故鄉、家鄉、祖國等，還是從「家」而出，夫妻成家，然後有其他所有我們愛的人。當然鄉愁也從家而來，賞讀〈家〉。（註十）

我的家
在那古老的舉世聞名的
天下第一關萬里長城腳下
小時候
經常跟父親
去家北的萬壽山採蘑
去家南的渤海灣摸蝦
長大後
來到祖國的北方
看到了漫天飛舞的雪花
都說「燕山雪花大如席」
這裡的雪花比席還大
寒冷的天氣
凍得臉生瘡
凍得腳發痲
卻沒凍著那顆火熱的心
是整個身體保護了它
啊

不
是它壓根也沒來這裡
還在家北萬壽山採蘑
還在家南渤海灣摸蝦

「燕山雪花大如席，片片吹落軒轅臺」，李白作詩善用誇飾，使意象具有空靈特色，金土更能誇，說雪花比席大。就詩技而言，這些都是詩人特殊的審美感受，讓想像力可以無邊無際的飛翔，這便是詩歌文學藝術的境界。若李白寫「燕山雪花如樹葉」或「白髮二尺長」，實則實矣，但死板一塊，沒有藝術美感。

說〈家〉吧！李白可能也在想家，懷想中華民族的共同祖先，否則為何雪花片片吹落「軒轅臺」？但最叫我感動，古今中外最「戀家」的英雄人物，是古希臘詩人荷馬名著《奧德賽》（或電影奧德賽）中主角。故事中的主角奧德賽，在打完特洛伊戰爭後，流浪諸邦多年，但他心中只有一個目標，回到故鄉和妻兒團聚。流浪過程中經歷很多險惡，美女誘惑，他不為所動，堅持回家的路。終於，西元前一一七八年四月十六日，奧德賽回到故鄉，殺掉那些企圖染指他老婆的追求者。我深深感動，英雄當如是，愛家愛妻的男人當如是。

為什麼要提起奧德賽？因為我看到一個不亞於奧德賽愛鄉愛家愛妻的詩

人金土，這兩人除了身份地位種族和生存背景不同，他們戀鄉戀家戀妻的程度，可謂「平分秋色」啊！當這二人看到「皎潔的月光」，他們的鄉愁濃度一樣，心中想著一樣的事。

註　釋

註一　洛夫，《漂木》（台北：聯合文學出版社有限公司，二〇〇四年十二月十日），第二章，頁六五—一〇八。
註二　簡政珍，〈在空境的蒼穹眺望永恆的向度〉，《漂木》，頁六—十九。
註三　金土，〈皎潔的月光〉，《皎潔的月光》（北京：中國文聯出版社，二〇〇六年元月），頁三—四。
註四　金土，〈書名解〉，同註三書，序頁九—十。
註五　人間福報，二〇一六年十一月二十四日。
註六　金土，〈八月十五的夜晚〉，同註三書，頁七—八。
註七　金土，〈懷鄉〉，同註三書，頁二〇—二一。
註八　金土，〈我是農民的兒子〉（序詩），同註三書，序頁七—八。
註九　祖宗十八代，指自己的上九代、下九代宗族成員。按往上依序：父母、祖、曾祖、高祖、天祖、烈祖、太祖、遠祖、鼻祖；往下依序：子、孫、曾孫、玄孫、來孫、晜（讀音昆）孫、仍孫、雲孫、耳孫。
註十　金土，〈家〉，同註三書，頁二二二—二二三。

第十二章　詩人和詩，何爲好詩

何為好詩？何謂好詩？真是千古以來說不盡的議題。言志論、意象論、神韻論、意境論、詩興論、神思論、妙悟論……加上古人如司空圖《詩品》、釋皎然《詩式》、齊己《風騷旨格》……不計其數，每一論都有一套論述。現代詩人最簡單的說法，能感動、有共鳴，就是好詩。確實這樣簡單嗎？

說簡單亦簡單，說不簡單亦不簡單，如金土（或現當代詩人），要感動同時代一些讀者，只要詩人用心、努力和堅持，大概都辦得到。但要感動未來幾代人，乃至流傳千百年後，這是比登天難的。凡是能在漫長歷史時空中，留下一個名號，如金土〈我國自古是詩國〉組詩之一。（註一）

我國自古是詩國　就數唐代詩人多——
詩豪詩傑和詩骨，詩仙詩聖和詩佛
詩狂詩虎和詩囚　還有詩鬼和詩魔
因我那時沒出世，卻讓雅號少一個

只要能留下詩名，都可用「偉大」名之。金土提到的都算偉大的詩人，詩豪劉禹錫、詩傑王勃、詩骨陳子昂、詩仙李白、詩聖杜甫、詩佛王維、詩狂賀知章、詩虎羅鄴、詩囚孟郊、詩鬼李賀、詩魔白居易。他們都已經過千年「洗選」，稱「偉大」不為過，當今兩岸「寫詩人口」上看數百萬（註二），留下的詩可能幾億首，一千年後尚有一人一首被那時的人欣賞乎？我說這標準或許太高了，能感動兩代人也算不錯。金土說「因我那時沒出世，卻讓雅號少一個」，這是詩人的自信，他以農民詩人著名於現代詩壇，故我可暫取一雅號「詩農」，也頗為適合。

從事實經驗來觀察，要有好的藝術作品（任何種類），理論說得再多不如好好「生活」，客官讀者一定奇怪！生活誰不會？人人都在「生活」，牛羊豬狗也在「生活」，偏偏世上很多人活的不如狗。**「做狗沒有人偉人／做人不能不如狗」**。（註三）做人為何不如狗？就在這「生活」二字，普通人尚且如是，身為「人類心靈工程師」的詩人，更須在生活上下功夫，才能成為「有點成就」的詩人。宋代詩人陸游告誡兒子說：「汝果欲學詩，功夫在詩外。」（註四）這個「詩外」，正是人生「生活」的三個層面，缺一不可。

第一層，深刻用心的生活。「詩的旋律，就是生活的旋律；詩的音節，就是生活的節拍。」「愈豐富地體味了人生，愈能產生真實的詩篇。」這是艾青說的。

第二層，與時代環境生活接軌。「魯迅說過，詩是民族的聲音。對於時代精神，詩應該是最敏感的水銀柱。沸騰的生活像海洋，而詩呢？詩就是它的波浪。它反映出生活的五彩繽紛，它歌唱出人民創造的巨大聲音。」這是臧克家說的。

第三層，生活感受能力的強弱決定詩人藝術生命。感受能力，是詩人面對生活中所有客觀環境的反應力，詩人之能對一般人所見一朵雲、一朵花、一隻鳥，發現其中詩意，在於有比普通人更敏感、更熱情的感受力。

詩人需要深刻、有感的生活，豐富有內容的生活，是創作好詩的必要條件。沒有合乎前面三層內涵的生活，就如同「炊」離開了「米」，亦如「釜」離開了「薪」，煮不出「飯」來的，這是很淺顯的道理。所以，我研究金土的作品，是從他的生活來理解入門的。金土這輩子的生活思索，始終在怎樣「索」出好詩！一生「索句」，〈何為好詩〉。（註五）

寫了一輩子詩
愈寫愈窩囊——

有人問「何為好詩」
我卻說不清

按說刊登的詩是好詩
就怕編輯選稿時帶著人情
按說獲獎的詩是好詩
就怕評委光把自己的作品捧

難道沒刊登的詩是好詩
聽著就發別扭
難道沒獲獎的詩是好詩
從道理上就說不通

忽聞一聲春雷
把我從夢中驚醒——
何為好詩，去問讀者吧
答案在他們手中！

金土透過這首詩思考何為好詩？這當然是短期間內沒有答案，除非經過百年以上幾代讀者「洗選」，留下來的可確定是好詩。但不久的未來，金土、我等，早已不在人世間，所以只得暫時先為評說。刊不刊登、獲不獲獎，都不是判定好詩的唯一標準，有人說「市場決定論」，能賣出最多銀子的作品是好貨，我認為也是暫時的，最終仍須經過長久的「時間判官」，才是最後的定案。

當下要判定好詩，有一權宜之計，就是相信「名牌」，這有如女人選化粧品，到底品質如何？誰也不知道，用錯易傷身，乾脆選購「名牌」比較保險。當代中國詩壇上，誰是「名牌」，余光中、洛夫、北島、舒婷、賀敬之、臧克家、艾青、李金髮、冰心、聞一多、徐志摩、郭沫若……兩岸至少百人以上可列入「國家級」，省級縣級就更多了。但「名牌」也並非百分百可相信，如德國汽車、日本鋼鐵，都是「國際級名牌」，還是爆出作假案，「假貨」的傷害都是很嚴重的，不管什麼作品！

詩人能夠反思「何為好詩」，就表示他對自己的作品還不滿意，還要再進步才行。他現在已是「綏中名牌」，但要達到「國家名牌」，想必還有長路要走！他到底想要當一個怎樣的〈詩人〉？（註六）

小燕北飛
是為尋得春天
大雁南歸
是為躲避嚴寒
詩人寫詩
是為一個信念
詩人不怕寒冷
是因心裡裝著春天

這是一首有境界多層次的好詩，除了有感動共鳴，解讀空間也寬廣。首先提示眾生各個角色都有其生存模式，在某一階段有某種「生活目標」，如小燕北飛為尋春天，大雁南歸為避寒……軍人奔赴沙場為打一場勝仗，商人投資為賺更多銀子……詩人寫詩是為某個信念。每個詩人寫詩信念可能不一樣，但只要有信念，通常「詩路」就可以堅持，甚至堅持一輩子。

其次〈詩人〉一詩也暗示，詩人之所以為詩人，不見得為什麼目的或目標而寫，只是因為「心裡裝著春天」，春天象徵活力熱情，大自然裡真善美的存在。詩人為春天頌歌，不為獎杯，不為銀子！這是這首詩的字外之意，寫詩當詩人就像小燕北飛、大雁南歸，很自然的活動，那麼自然的發生了。更如〈叫〉那般自然。（註七）

娃叫了
要吃奶頭了
狗叫了
有陌生人來了
雞叫了
天快亮了
詩人的筆發出唰唰的聲音
那也是在叫
叫吧！讓整個世界
都叫起來吧
叫來新生
叫來美好

可愛小品，趣味十足，也很有境界。把寫詩形容成娃叫要吃奶、狗叫陌生人、雞叫天亮，這些都是生命的自然反應，寫詩亦如是，講究自然。自然者，「俯拾即是，不取諸鄰。俱道適往，著手成春。」（註八）但詩人的「叫」除了自然的叫，還有更積極的，叫醒全世界，叫來新生和美好，詩要給人感動和共鳴。因此，詩人之「叫」就是中國傳統詩學的「言志」之叫，通過抒情言志表達詩人的心意志向。我國古典詩學的藝術表達、吟詠情性的言志美學基本特徵不外：真於情性，發乎自然；抒哀怨之情，發幽憤之思；有為而作，有補於時；含蓄蘊籍，哀而不傷。（註九）可以這麼說，中國歷代詩人都是沿著這樣的藝術審美綱領積極的「叫」，個個「索句」一生，語不驚人死不休的叫，就是要叫出一篇〈代表作〉。（註十）

昨晚有人看見我
睡在暖烘烘的被窩
我卻說我長了翅膀
幾乎飛遍全國

飛到葫蘆島拜見宋海泉老師
他誇我〈鄉路〉寫得不錯
我得意洋洋地回答：
「那是我的代表作」

飛到沈陽拜見李秀姍老師
她誇我〈月亮〉寫得不錯
我趾高氣揚地回答：
「那是我的代表作」

飛到成都拜見李斌老師
他誇我〈激情〉寫得不錯
我飄飄然地回答：
「那是我的代表作」

飛到北京拜見丁慨然老師
他誇我〈晚歸〉寫得不錯

我不可一世地回答：
「那是我的代表作」

獲得這麼多老師的誇獎並沒滿足
又飛到八寶山拜見大文豪郭沫若
他卻一針見血地指出：
「代表作多了等於沒有代表作」

他這逆耳之言一下把我驚醒
面帶羞　喃喃自語地說：
「是呵，我哪有什麼代表作
寫詩，謙虛點說我還是初學」

詩裡提到的人名，金土註明，宋海泉是《鄉土詩人》副主編、李秀姍《詩潮》常務副主編、李斌《星星》文字編輯、丁慨然《新國風》執行主編，而大文豪郭沫若更是如雷貫耳，目前住國家級的八寶山高級住房。

這是一首造境之作，透過一個夢境（或只是一個想像）拜訪詩壇高人，以求請益指點。創作主旨仍在自我反思一個命題「代表作」尚未問世，「索句尚未成功，詩人仍須努力」，這是詩人活到老學到老的學習精神。我和金土雖通信不多，但從各種資料顯現，七十多歲的金土每天還是勤於筆耕，可能每天要創作幾首詩或寫個千把字文章，真是可敬的作家、詩人。

〈代表作〉一詩有隱約意涵，他拜訪詩壇各名家，為何宋海泉、李秀姍、李斌、丁慨然都讚美他？郭沫若不僅未讚美，還說「代表作多了等於沒有代表作」。這是因為在世的是有交情的朋友，於情於理要讚美，郭沫若是古人了，且「輩份」極高，對金土這位後生小輩可以直言。這也是我一貫所說，任何人是否「偉大」，那一首詩是否傳世經典，現代誰說都是空話，必待數百年時間「洗選」才有真正答案。但至少金土給我的感動，是現在的，是當下的，未來如孔明在〈出師表〉言：「未可逆料也」！

小結

詩人為什麼喜歡寫詩？為何一輩子就愛詩？雖然可以寫出無數種高論。但其實有個生物學上最基本的道理，就是「快樂論」，從中獲得快樂（高興、樂趣、滿足等）。例如，歌手就愛唱歌，球星就愛打球，登山家就愛登山，玩家就是愛玩……老虎就愛追羚羊，貓就愛追老鼠……眾生一切行為必有回報（快樂、滿足等），這種行為才能持之以恆。寫詩亦如是，**「台燈笑容可掬／看我伏案寫字／丟掉一天疲乏／忘了日中亂事／思想高度集中／夜靜助我凝思／是那人間歡樂／還是自家喜事／竟讓滿腹激情／濡濕一篇稿紙／翌日拿起一看／卻是一首好詩」**。（註十一）爽啊！快樂在其中，好詩那裡來，快樂生出來！自然生出來！金土四季都想「生」詩，〈我多願〉。（註十二）

春天播種的時候
我寫詩
夏天鏟趟的時候
我寫詩
秋天收割的時候
我寫詩
冬天儲藏的時候
我寫詩
我是一個農民
多願我的詩

像我的庄稼一樣
長出人們喜歡吃的糧食

「鏠趟」可能是大陸農村專有名詞，不論何意！金土都在寫詩。本章始終在追尋「何為好詩」，快樂、活力、激情，必然給人一種感動共鳴，好詩就在這情境中誕生了！

註　釋

註一　金土，〈我國自古是詩國〉（B），《皎潔的月光》（北京：中國文聯出版社，二〇〇六年元月），頁三一七。

註二　根據統計，兩岸中國人的「寫詩人口」（詩人），上看數百萬，約超過人民解放軍總人數。可見拙著，《洄游的鮭魚》（台北：文史哲出版社，二〇一〇年元月）。

註三　金土，〈狗市所見〉，同註一書，頁二六五。

註四　曹長青、謝文利，《詩的技巧》（台北：洪葉文化事業有限公司，一九九六年七月），第一章，第二節〈走向詩人的道路〉。

註五　金土，〈何為好詩〉，同註一書，頁三三八。

註六　金土，〈詩人〉，同註一書，頁三三五。
註七　金土，〈叫〉，同註一書，頁三五三。
註八　蕭水順，《從鍾嶸詩品到司空詩品》（台北：文史哲出版社，民國八十二年二月），頁一〇八。
註九　陳慶輝，《中國詩學》（台北：文史哲出版社，民國八十三年十二月），第一章。
註十　金土，〈代表作〉，同註一書，頁三四四—三四五。
註十一　金土，〈夜寫〉，同註一書，頁三四八。
註十二　金土，〈我多願〉，同註一書，頁三四三。

第五篇 《情愛集》賞析研究

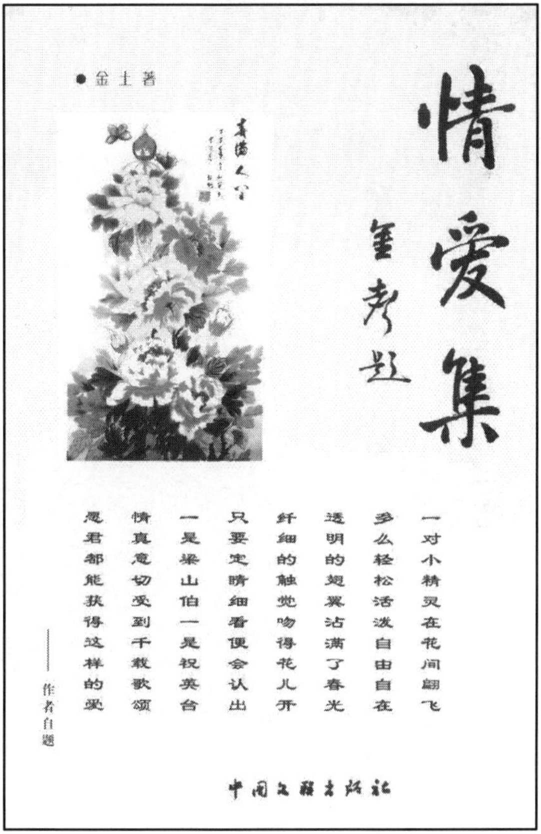
● 金土 著
情爱集
一对小精灵在花间翩飞
多么轻松活泼自由自在
透明的翅翼沾满了春光
纤细的触觉吻得花儿开
只要定睛细看便会认出
一是梁山伯一是祝英台
情真意切受到千载歌颂
愿君都能获得这样的爱
——作者自题
中国文联出版社

左：作者与《岁月》杂志副主编王勇男（左）、张永波（右）合影。
（黄学军 摄）

右永波，左勇军，
数我年老站中间。
都在为着春天绿，
好似身后这座山！

作者与著名诗人卓琦培（右）留影。（黄学军 摄）

诗人佳节会卓老，万分激动相拥抱。
别看个子比我矬，水平却是比我高。

第十三章 愛情，推動著世界前進

讀了金土幾本大部頭詩集，幾千首詩，到底他的作品在中國文學發展史裡，應歸入何種派別體制？我並非文學研究專家，實言之，也難以確定。大概就是大陸各名家所說的「詩歌筆記」，我看也像一種「詩史」。如杜甫「善陳時事，律切精深，至千古不少衰，世號詩史。」（《新唐書・本傳贊》）杜甫寫的是一個大時代的詩史，而金土寫的是大時代的一部份和個別人生詩史。

《情愛集》詩集也是六百多首的大部詩集，有白頻、趙鴻德、馬長富、姜俠、李福恩等名家和金土自己的序。第一輯〈情愛深深〉是全書重點，光是這輯若按台灣出版模式，可以印成三本詩集。第二輯〈我的生活〉、第三輯〈求其友聲〉、第四輯〈凌云贊歌〉。愛情是這本書的核心思維，按本書的愛情詩述內涵，我歸納出三條主線為本篇三章主題：炣愛情，推動著世界前進；牞鄉土農村的愛情故事；犴金土式幽默情話：打趣、詼諧、諷喻。

在我半個多世紀成長，追尋知識與探求真理的過程中，我學習到三隻「推動著世界前進的手」。青年時期我讀遍孫中山所有著作，知道推動人類文明文化前進的手是「互助」，我一度當成真理，但不久發現不完全是，甚至有很多問題。

三十多歲時，我大量研究資本主義論著，資本主義和民主政治的「聖經」，史密斯（Adam Smith,1723—1809）的《國富論》一書，認為「利己」是推動人類文明文化前進的手，是推動著世界前進的手。我發現這隻手也很厲害，幾乎是「準真理」的可怕力量。但不久這隻手問題也多，甚至極為邪惡，表面上看到是光明正大的。我不斷探求問題的解答，追尋我心中的真理。

快到不惑之年時，我有機會大量接觸馬、恩、史、列、毛的作品，馬克斯（Karl Marx,1818—1883）的《資本論》，認為階級鬥爭才是推動人類文明文化前進的手，是推動著世界前進的手，並依「正」→「反」→「合」的連續循環過程，最後人類將結束資本主義不公不正的社會型態，達到一種「完善的社會型態」。這是一隻極有力的手，追求社會均富的手，但我發現方法有很多問題。

以上是我追尋真理過程中，所找到的三隻推動著世界前進的「手」，我不斷進行反思、觀察、檢驗，發現這三隻手都不過是社會科學的一派理論，根本就不是什麼「真理」，人的世界根本沒有真理。只是能成為一家「理論」也是不得了的事，會影響很多人的思考模式。

到了一把年紀了，我又打起精神讀遍「中國鄉土詩人」金土的全部出版著作，發現了「第四隻手」，這是詩人金土提出的「愛情，推動著世界前進」的手。我想，這是金土一生對愛情的檢驗，所提出的一個重要理論，到底金土所說的愛情是怎樣的愛情？可以產生何種力量？指涉範圍有多寬廣？從本篇三章解讀他的詩作，讀者應該可以得初略的認識。賞讀〈世界〉。（註一）

其實，只要注意觀察
就能得出這樣的結論：
不管是動物還是植物
都有男女、公母、雄雌之分

如果說上帝是造物主
他一定有這樣的用心：
讓異性相吸相愛
產生一種力　推動著世界前進

這是一首小品，不是什麼社會科學大論。但短短的八行詩，就把談情說愛一事上昇到哲學思想的高度，與利己論、互助論和階級鬥爭論同台論劍（論證），而成為推動著世界前進的第四隻手「愛情論」。特須注意！金土這裡說的

愛情，包含人以外的動物、植物，若無愛情，世界將會怎樣？〈世界之二〉。（註二）

其實，世界上就有兩個人
一個男人，一個女人
相互交媾，繁衍子孫
到今天已有幾十億人
怪不得有人說：
「沒有愛情就沒有世界」
那麼，就讓我把世界比做一棵樹吧
永在愛中生枝長葉開花結果伸根

詩語言當然充滿著想像力，如果我們把眾生（所有動物和植物）的「交媾」行為，全部解釋成「愛情」的作用，確實就是「沒有愛情就沒有世界」。事實上，潛意識心理學派有類似的主張，按弗洛依德（Sigmund Freud,1856—1939）理論，人類一切行為都是源自性愛吸引力（Libido，中文常見譯詞是生命力、力必多）。這種生命力是人類行為、成就和創造的原動力。人類的兩性愛情，若抽掉全部性愛作用或想像，我以為愛情是不存在的，情詩亦不存在了，這是

比較嚴肅的看法。賞讀〈陰陽〉。（註三）

天是陽地是陰
山是陽海是陰
太陽是陽月亮是陰
男人是陽女人是陰

大凡萬物
都有陰陽之分
陰陽相愛組成世界
我們的生活才五彩繽紛

這是蔡英文修改校的決論，一夫一妻、一男一女組家庭・違法

一夫一妻違反性平法！哪門倫理！

台大機械系大學甄選入學第二階段筆試申論題，以《聖經》爲引言，提到「家庭是由一男一女、一夫一妻組成，這是社會和家庭的律……」，引發台大學生連署抗議，被教育部性別平等教育委員會裁罰三萬元。

或許社會上主張多元家庭成了另一種觀點，因爲明顯與傳統「一夫一妻」背道而馳，只要不以權勢及溢於言表的批判，迫使對方接受與屈服，縱然是在課堂上或演講，以聖經或儒家四書等詮釋「一夫一妻」真諦，也是合理的論述。

如果違以違反性別平等可以科罰，甚至要求當事人接受性別教育課程研習，毋乃矯枉過正與曲解性別平等的真正精神。

我認爲這樣嚴重處分，對台大校方與命題的教授是無妄之災，一定要提出申訴，否則後患深遠。此例子一開，對學術自由是一大戕害，尤其人文科系的教師，闡述儒家佛道的經典師者，動輒得咎，情何以堪？

對一夫一妻的規範，是一大打擊，今後在課堂或命題、演講論及「一夫一妻」都有可能被告，這哪是維護性別平等？

林泉利（新北市／退休中學公民教師）

人間福報

金土看到一個陰陽有序的世界，一男一女組成家庭的世界，但我目前身居台灣，看到一個「一男一女組成家庭是違法」的世界。讀者必定以為我陳某人寫詩寫瘋了，寫成了「失智老人」，胡說八道！我就把證據列印如次。（註四）原來台灣地區的大頭目，現在是由一個女同性戀的爛貨在幹，她為推動邪惡的「平權」同性合法化，主張「兩男或兩女」可結婚成家。因此，「一男一女組成家庭違法」，成為邪惡綠色政權要推動的法案。其實，開放同性戀婚姻合法，

最終將導至亡家、亡族、亡種、亡國的結局。這些是賞讀金土詩所想到，說來話長，中國絕不能搞這種亡國滅種政策，切記！賞讀〈情愛〉。（註五）

青年人有青年人的情愛
老年人有老年人的情愛
低級動物有低級動物的情愛
高級植物有高級植物的情愛
沒有情愛就沒有世界
沒有情愛就沒有生活的豐富多彩
沒有情愛就像炒菜沒放油鹽
火頭再好也吃不出香味來

這是金土的「廣義愛情觀」，宇宙萬物都有其情愛的存在。按此邏輯推演，同性之間也有「愛情」（我國古稱斷袖之癖），其實我是認同的，尊重其「自然狀態」的存在即可，不能違反善良風俗，更不能以極少的特例推翻普遍存在的好制度。「沒有情愛就沒有世界」，同性戀有同性戀「特別」的世界，但絕不能以其特別而推翻正常世界。我想，大陸所有金土作品的評述者，絕不會解讀到這些問題。賞讀〈有愛才有萬物〉。（註六）

一個偉大的發現
來自一位普通的農夫
他養的花有雄蕊和雌蕊
他養的豬有公豬和母豬
他養的植物動物都有性對立
忽然搞起邏輯推理並大膽提出：
對立的統一產生愛
有愛才有萬物

《情愛集》有很多這樣觀點的詩作，如是「愛情，推動著世界前進」，愛情也成為人類文明文化演進的推力。我想，這確實是一個偉大的發現，推動歷史和社會前進的「第四隻手」。在〈情愛深深〉輯裡，有一類把山河大地自然景觀擬人化的情愛，有情詩可謂別具風景。如〈雪山與大河〉。（註七）

大河從山頂流下
歡喜得直舔雪山的腳丫
雪山稱這是最好的足療

其實就是用水沖刷
沖走了冰塊，沖走了泥沙
沖走了雪山的滿頭白髮
雪山煥發了青春就把愛
全部交給了大河的浪花

從古至今，擬人化都是詩人最常用的技巧，詩學上叫「物化」，但未見有如金土物化得那麼徹底。當然，詩不光是擬人化，還要化出意境，這首詩雪山和大河之戀，化成朵朵浪花而有了意境和想像。再如這首〈瀑水與高山〉。（註八）

瀑水站起來了
往高山身上一靠
情愛知多少
高山俯下身子
來和瀑水擁抱

瀑水激動得淚珠飛濺一陣陣浪笑
立馬生出一條白龍
徑直向山下奔跑

這首詩意象鮮明而構築出不凡的境界，**「瀑水站起來了／往高山身上一靠／情愛知多少」**。真是太妙了！瀑水站起來往高山靠，不僅意象突出，形像具像也都很真實，顯示金土「索句」數十年，確實「磨」出了真工夫，尤其使山河大地都「愛情化」，可能是中國文學史上所未有的詩體或構思。

中國文學史並沒有愛情詩（台灣通稱情詩）這種詩體，閨中婦女思念外面夫君的作品勉強算情詩。而把山河大地自然景物「情愛化」似乎也沒有，但「物我合一」（物化）作品例是很多，如李白〈獨坐敬亭山〉，詩人化入敬亭山，與自然景觀溶為一體，才有「相看兩不厭」的意境。能「相看兩不厭」，就很接近情人關係了。賞讀〈花草對話〉。（註九）

我從山坡上走過
聽到花和草竊竊私語
花説「我特別羨慕你的綠色」
草説「我非常喜歡你的鮮艷與美麗」

花草對話，先是使我感到驚詫
後又悟出一個偉大的道理：
花草有情，它們也是在相愛
要不然，怎能長久生活在一起

研究金土這麼多了，看不出他有佛教信仰。從佛法觀點，「三界唯心，萬法唯識」，是說宇宙中的一切境界和事物，都由心識所變現，也就是一切萬象都隨心所現、隨心所變。因此，《大乘起信論》才說：「**心生則種種法生，心滅則種種法滅**」。說瀑水與高山談情是因詩人心中生情，說雪山和大河談愛即詩人心中有愛，花草會相愛乃因詩人心中都是愛，詩人看世界當然全是愛的作用。

所以，如何詮釋金土這顆詩「心」？《華嚴經》有這樣一首詩偈，「**心佛及衆生，是三無差別，諸佛悉了知，一切從心轉。**」意思說，心、佛、眾生，三者是沒有差別的，只要心態改變，從心轉變，善護其心，善調其心，轉妄心為真心，轉凡心為佛心。那麼，當下「**即心即佛、即佛即心**」，人人皆有佛性，眾生個個是佛。金土心中盡是愛，滿滿的情愛，誰能告訴我，他心中是不是住著佛？否則，為何其心所生全是愛？兩眼看出亦是愛？

小結

金土心中的情愛投射在全人類每個人身上，也投射在山河大地自然景物，可以說萬事萬物盡是愛情。金土的愛情想像力更投射到各種動物身上，〈公雞和母雞〉、〈狗的戀愛〉、〈有只貓在牆頭上叫〉、〈螞蟻〉、〈大象的愛情〉、〈蚊子姑娘〉、〈黑貓警長〉……賞讀一條〈狗〉。（註十）

鄰家的一條公狗
愛上了我家一條母狗
為獻殷勤，昨晚又給叨來一塊骨頭

使我想起我倆相愛時
我也曾向她送過手帕和鋼筆等定情物

卻不知我家的母狗和鄰家的公狗何時婚配
生下一堆可愛的小狗
每只小狗都將是我喜歡的小詩一首

宇宙萬物多麼複雜而無邊無際，但從愛因斯坦的眼睛看出去，不外就是 $E=MC^2$，從金土的眼睛望出不外是「愛情」二字，愛情推動著世界前進，愛情維持著宇宙運作。沒有愛情就沒有世界，當然也沒有宇宙。

註釋

註一　金土，〈世界〉，《情愛集》（北京：中國文聯出版社，二〇〇九年五月），頁三一。

註二　金土，〈世界之二〉，同註一書，頁三一。

註三　金土，〈陰陽〉，同註一書，頁三二。

註四　人間福報，二〇一六年八月廿六日，11版。

註五　金土，〈情愛〉，同註一書，頁三三。

註六　金土，〈有愛才有萬物〉，同註一書，頁三四。

註七　金土，〈雪山與大河〉，同註一書，頁一六六。

註八　金土，〈瀑布與高山〉，同註一書，頁一六六。

註九　金土，〈花草對話〉，同註一書，頁一七六。

註十　金土，〈狗〉，同註一書，頁二一三。

第十四章 農村山青的愛情故事

金土以農民詩人、鄉土詩人雅號著稱於現代中國詩壇，他的所有作品（我所研讀的五本詩集），上看三千首詩，本質上都是從中國農村土壤裡「種」出來。每一首聞起來都有青草土壤的芳香味。所以，馬長富先生在《情愛集》序所述，對金土的四點印象：炌他是一個有著深厚鄉土根基的農民詩人；物他是一個有著較深文學造詣的農民詩人；犴他是一個愛詩如命的非常勤奮的農民詩人；犵他是廣大詩詞愛好者和創作者的良師益友。（註一）加深我對金土的理解。

雖然專心讀了金土幾千首詩，但畢竟和他「認識」沒有幾年，又相隔幾千公里，說「我對金土和他的作品能深刻理解」，這話我卻不敢說。而馬長富這麼說，我認同，對我賞析金土作品也有幫助。而同是寫序的白頻稱讚金土的四點：炌甘為他人做嫁衣裳；物故鄉的鄉情，總能穿透他文字的牆壁；犴濃重的愛情，總能通過質樸的文字展現芳魂；犵平淡的語言，總在熾烈的表述中搶眼。

（註二）如是「定調」，和我心中想要認識的金土詩品人品，大概已是同一人。這主要是研讀他幾千首詩外，我追跡他辦《港城詩韵》等刊物的心路歷程，再加上把我在台灣停刊的《華夏春秋》雜誌，竟能在祖國的綏中復刊了。這樣的民族使命感和詩歌文學熱情，不就是馬長富、白頻、趙鴻德、姜俠、李恩德等諸君所稱頌，一個中國鄉土詩人、農民詩人的形像在我心中立起！他的作品總帶著中國農村裡的土味，〈山裡青年〉組詩之一。（註三）

早晨你來我家
和我一塊去種地
晚上我去你家
和你一塊學科技

我有情，你有意
你離不開我，我也離不開你
山裡的青年都腼腆
就是不說那一句

簡單的八行小品，突顯了山裡青年的感情特質，他們樸素靦腆，不懂得送玫瑰花巧克力（可能也無處買）。他們就會在一起工作，找機會在一起，但是〈愛是捂不住的〉。（註四）

你是東村的姑娘
我是西村的青年
你見著我何必低垂著頭
都什麼時候了，還那樣靦腆

我問你愛不愛我
你羞得用手捂上了臉
其實，愛是捂不住的
已發現你的眼睛從指縫正把我偷看

這首詩寫得比上一首更有意境，情意也較濃，肢體語言已顯出鄉下姑娘的含蓄害羞，也是另一種美感。再者，「都什麼時候了」一語也很有想像空間，表示這對男女認識的時間夠久，感情醞釀已接近成熟，應該做個決定了，才有

接著「我問你愛不愛我」一句。男生看時機到了，要求婚了……〈鋤〉組詩系列也很有趣。（註五）

姑娘進了屋
媽媽忙不休
又拿雪糕又開電風扇
生怕熱著這沒過門的兒媳婦

一打聽兒子鏟地去了
姑娘轉身就往地裡走
媽媽送到門外笑眼望
心想：我家又多了一杆鋤！

這詩的情境讓我回到五、六十年前的農村，那時兩岸的農村社會文化其實是類似的，鄉下農村青年男女的相處和情感表達，是多麼的可愛和含蓄！

〈鋤〉詩的靈魂在最後一句，「我家又多了一杆鋤」，這是從媽媽的眼睛看出，暗示農村女孩都是那麼勤勞，但詩不寫勤勞而說「多了一杆鋤」，讓這首

詩意境提昇許多。再看〈鋤田的阿哥〉。（註六）

夏天的太陽似火一樣燒烤
蟬躲在樹上「熱呀熱呀」地呼叫
阿哥卻還在田裡鋤草
頭上只戴一頂草帽

草帽是阿妹用秫秸皮編的
用啥編的並不重要
重要的是　編進一個雙喜字
能化作涼風在阿哥的心裡吹著

像這樣土味淡香的情詩或許我國文學史上也有，如《詩經》初篇〈關雎〉，也是很樸實、真誠的表達鄉村青年的情愛。只是很奇怪的，往後的幾千年，文學詩歌成為貴族的專利品，也有不少表達男女情愛的詩詞，如李後主、李清照、朱淑貞等名家，但他們的作品沒有「鄉土味」。另一派有鄉土味的是山水田園詩，如謝靈運、陶淵明、王維、孟浩然等，可惜他們只是寄情田園山水，卻不寫農村偏鄉青年男女的愛情。所以，大量創作農村青年有鄉土味的情詩，保存下大量鄉土愛情故事的詩人，金土可能是第一人了。當然，現在中國有不少鄉土詩人，更組成協會，但有多少像金土那樣大量創作，又專注於情詩？愛情真是一種動力，推動著世界前進，推動著金土創作。難怪金土曾經「夜訪」請教的前輩大詩人、大文豪郭沫若，在〈我的作詩的經過〉這樣說：（註七）

那時候的性向，差一步便可以跨過瘋狂的門閾。把我從這瘋狂的一步就轉了的，或者怕要算是我和安娜的戀愛吧？但在這兒我不能把那詳細的情形來敘述。因為在民國五年的夏秋之交有和她的戀愛發生，我的作詩的慾望才認真地發生了出來。《女神》中所收的〈新月與白雲〉、〈死的誘惑〉、〈別離〉、〈維奴司〉，都是先後為她而作的……在和安娜戀愛以後另外還有一位影響著我的詩人是德國的海涅（Heine），那時候我所接近的自然只是他的戀愛詩。

有了戀愛發生，「作詩的慾望才認真地發生了出來」，認證了愛情是詩創作的原動力，大文豪經驗如是，但「金土經驗」則範圍擴張到世界萬象皆情愛，金土和一切存在的萬物談戀愛，山河大地……牛羊馬豬……農村青年男女……

大家的戀愛，也都是金土的戀愛，才有源源不斷的情詩。賞讀〈夜割〉。（註八）

剛到子夜雞剛叫
就穿衣裳去割稻

星星點燈
月兒照

走到稻池邊一看
喃！她比我來的還早

滿地稻子都明白
倆人相愛因勤勞

這首詩也有很深意涵。農村青年都勤勞，尤其成為情侶後更要積極表現，更勤勞起更早。但雞剛叫就去割稻也太早了，分明是二人的約會兼工作。

整首詩的情節也很單純，詞句保持金土一貫的口語白話風格，卻能表達鄉下青年男女心中熾熱的愛情。也正如白頻說的，平談的語言，總在熾烈的表述中搶眼；而濃重的愛情，總是通過質樸的文字展現芳魂。賞讀〈春種秋收〉。（註九）

春天小伙子耕田
姑娘就來播種
夏天小伙子鏟趟
姑娘就來鋤草

秋天小伙子忙收
姑娘就來搶割
收割的豈止是成熟的庄稼
分明是愛情結的碩果

從一九五七年十二月二十五日「追求陽光」以來（註十），這麼陽光的情詩，至今可能有幾千首了。我前後翻翻他的五本詩集各名家序，我的看法和楊

子忱在《張云圻詩歌筆記》序所述一致，「自自然然地寫來，寫得一覽無餘。於是，便產生了一種近似詩史的作為；然而這些，又是他本人在創作時根本沒有想到的；但客觀事實上卻又是這樣公允地存在著。我想這就是歷史了，是用詩歌寫下的歷史了。」（註十一）寫的是一個大時代的民心「詩史」，金土寫的是中國農村社會一般男女愛情的「詩史」。

小結

我寫本文時，正好一則報紙新聞。美國喬治亞州一名叫普爾維斯的九十三歲老人，結髮六十四年的妻子卡洛琳於四年前過世後，他每天帶著相框裡的亡妻照片在餐館吃午餐，每天也去墓園探望。（如剪報資料）（註十二）這可以說和金土是「同類的」，完全打破了「婚姻是愛情的墳墓」，成為人世間的愛情傳奇。賞讀〈就因為我愛上了你〉。（註十三）

就因為我愛上了你
勞動就願和你在一起
就因為我愛上了你

走路也願和你在一起
就因為我愛上了你
讀書更願和你在一起
就因為我愛上了你
一時一刻不願離

近幾年來，我每年會相約幾位好友上佛光山聽經聞法。師父星雲大師還健康時，必會和學員相見開示，他總勉勵大家要「不忘初心」，他的很多文章也這麼說的。看似容易，其實不容易，要像金土、普爾維斯那樣，不忘初心數十年，很自然的堅持一輩子，這就天上人間都稀有的事了，故能成真實的傳奇故事，人世間的真善美，讓我們永遠為他們歌頌！禮讚！

註　釋

註一　馬長富，〈縱觀創作歷程談對金土印象〉，金土，《情愛集》（北京：中國文聯出版社，二〇〇九年五月），序頁一四—一九。馬長富，遼寧省綏中縣人，遼寧省作家協會會員，中國鄉土詩人協會會員，著有文集、自傳、詩集等多部。

註二 白頻，〈勤勤懇懇的故鄉寫詩人〉，同註一書，序頁四—七。白頻，中國作家協會會員。

註三 金土，〈山裡青年〉，同註一書，頁五六。

註四 金土，〈山裡青年〉組詩之二〈愛是悟不住的〉，同註三。

註五 金土，〈鋤〉組詩，同註一書，頁六三—六四。

註六 金土，〈鋤田的阿哥〉，同註五。

註七 金尚浩，《中國早期三大新詩人研究》（台北：文史哲出版社，民國八十九年七月），第二章第四節〈郭沫若詩的主題探討〉。

註八 金土，〈夜割〉，同註一書，頁六八。

註九 金土，〈春種秋收〉，同註一書，頁八〇。

註十 金土在一九五七年十二月二十五日，仿李白〈望廬山瀑布〉寫了〈夜去沈陽〉詩，從此立志當詩人。金土稱這天叫「追求陽光紀念日」。可詳見〈追求陽光〉一文，《情愛集》，序頁一—三。

註十一 楊子忱，〈山海關的風〉，金土，《張云圻詩歌筆記》（長春：吉林攝影出版社，二〇〇三年二月），序頁一—四。楊子忱，國家一級作家、編審，中國作家協會會員，吉林省作家協會理事，吉林省作家協會首聘作家，長春作家協會副主席。

註十二　可詳見：人間福報，二〇一七年十月二十二日，第一版。

註十三　金土，〈就因為我愛上了你〉，同註一書，頁一四。

第十五章 金土式幽默風格

——詼諧、打趣、諷喻

幽默、詼諧、諷喻等都是一種詩創作技巧，體現了詩人特有的風格，每個詩人都不一樣，都有世上獨一無二的特色，如同世上沒有兩個完全相同的人。有人天生很嚴肅，有人很幽默，或詼諧、諷喻，形成一種個人風格，都會表現在作品上。

但何謂「風格」？這東西有點類似「風骨」，大家知道那是什麼？只是都說不清楚講不明白，難有一個各界可以認同的定義。假如勉強為「風格」二字設一界定，現代詩論家大致如是說，「詩的風格，是詩人在長期的創作實踐中逐漸形成的藝術個性；是詩人的個人氣質、世界觀和詩歌美學觀念在他作品中的凝結；是具有恆定性的區別於其他詩人的藝術特色。」（註一）這裡說的「個人氣質、世界觀和詩歌美學觀念」，包括詩人先天稟賦、後天所形成的思想信仰、藝術修養和美學理想等。例如，筆者在前章討論過的，資本主義認為「利己」是推動世界前進的手，馬恩共產主義認為「階級鬥爭」才是，而金土的詩觀認為「愛情」才是推動世界前進的手，這些是不同的世界觀和美學觀念。

而所謂「藝術特色」，是詩人全部或大多數作品從內容到形式所呈現出來的基本特色。或者可以簡單的說，風格是詩人的「標誌」，可以在市面上公開流通的「品牌」。在作品上即使不署上姓名，讀者欣賞其詩文後，便可感受出特有的「標誌」或「品牌」，而知作者何人！明代學者高棅有一段話最清楚明白：（註二）

> 今試以數十百篇之詩，隱其姓名，以示學者，須要識得何者為初唐，何者為盛唐，何者為中唐、為晚唐，又何者為王、楊、盧、駱，又何者為沈、宋，又何者為陳拾遺，又何者為李、杜，又何者為孟、為儲，為二王，為高、岑，為常、劉、韋、柳，為韓、李、張、王、元、白、郊、島之制。辨盡諸家，剖析毫芒，方是作者。（〈唐詩品匯總序〉）

確如是，李、杜、元、白風格各有特殊性，別家難學。誠如趙鴻德在《情愛集》序提到的，「詩的個性，在每個人身上都是不同的，好像似與生俱來的。趙本山的小品，你學得來嗎？同樣，金土的詩，你也學不來。從幽默、不古板，有濃郁的生活氣息，能調動起讀者的情緒的角度看，金土的詩倒有點像趙本山的小品……」（註三）由此觀之，我所有研究金土作品的各篇章，實際上就是針對「金土風格」的賞析寫作。只是本章刻意選出具有較鮮明的幽默、詼諧、打趣、諷喻作品，例舉賞讀，〈蚊子姑娘〉。（註四）

這天夜晚悶熱潮濕沒有風
蚊子姑娘唱得卻特別好聽——
「嗡嗡嗡」——譯音是「我愛你」
邊唱邊來吻我的嘴、鼻子和眼睛

吻到哪塊哪塊起包
用手一撓又癢又痛
猛一巴掌將它拍死
堅決反對有損一方的愛情

各種生物的擬人化，在金土詩作中最多，這是他的特色。但將蚊子叫聲寫成「我愛你」，是我第一次看到的諷刺性幽默，因為蚊子是大家討厭的東西，竟成了我愛你。詩的靈魂在第二段，一巴掌拍死蚊子後，詩人說「堅決反對有損一方的愛情」。原來整首詩布局情節，把蚊子「吻」比喻成一場戀情，卻是單相思，更是有損一方的愛情。詩外有重要暗示，提醒有情男女，愛情絕對是雙方有愛意才行，若有損一方愛情是不成立的。

這首詩也讓我想到現在的台灣社會，「情殺」案件可以說是電視新聞等各媒體，提高收視率的「法寶」，天天有情殺案，老的少的都有，婚外「小三小王」更多，愛不到就殺掉對方。每天，早到晚的新聞全是這些。還是賞讀金土詩吧！〈夢中情人〉。（註五）

大門敞開著
走進來一位漂亮的女人
身後看　髮如瀑　耳墜閃光
正面瞧　眸明齒皓臉紅潤
像是來尋求愛的

我主動地去和她接吻
枕頭說話了：咳！你吻我幹什麼
我驚呀了：枕頭哎，你怎麼成了我的情人

自我嘲謔、戲弄、幽默之作，這樣的夢中情人也只有金土才有（因為大家設一夢中情人，都是找現代美女，例如我常寫的夢中情人，是台灣第一名模林志玲，她在大陸也很紅，筆者有些情詩以她為假想情人）。

除了詩創作遊戲以外，也有真實人生的意義：屷男人比女人需要情人。（根據科學家研究，人類這物種的進化與生存，女人可以不要男人而生活，男人卻不能沒有女人）。因此，男人比女人需要情人，沒有真實情人，夢中情人也好。物日有所思，夜有所夢，表示詩人白天就是在想情人。犴並無夢境，只是詩技巧的「造境」之作，寫寫詩自我解嘲幽默一番，自愉人悅而已。我看金土照片有點嚴肅，但他內心頗幽默。賞讀〈人星戀〉。（註六）

我愛的那顆星星
是一個最小的天體
每晚我都要坐到房前望她幾眼

然後才回到屋裡入睡
最近發現她也愛上了我
清輝手伸過窗子的玻璃
在我睡熟的時候
還愛撫地撫摸我的肌體

不知什麼原因，東西方文明文化發展早期，都有很多人神、人仙、人鬼、人與其他動物的愛情故事，無數的戀愛傳奇，讓電影、小說、戲劇等有用不完的題材，就不須再舉例說明。根據一個綜合研究，此類戀愛故事，中國是以浪漫主義喜劇圓滿手法收尾，西方是以現實主義，或悲劇主義和反諷手法來收尾。（註七）證之金土眾多各類情詩情節，大約如是，但東西方幾千年來，人與異類戀情不計其數，未見有「人星戀」。光是訂下這樣詩題，就要有不一樣的思考邏輯，發揮高度想像力。賞讀一首極有想像力和意境的作品，〈吻〉。（註八）

一高一低的兩棵樹

走到一起是相平的
樹上都有一口井
井裡都有一條魚
都想游到對方的井水裡
因為它們知道
對方的井水裡蕩漾著情和愛
甜得像蜜

說是樹即非樹，而是兩個人，樹只是讓想像力擴張。「樹上都有一口井」，更是神奇之筆，實乃嘴巴也，「井裡都有一條魚」乃舌頭，具象形像意象都很鮮明。「都想游到對方的井水裡」，含蓄的暗示情人接吻的動作，更影射情人內心渴求性愛的企圖，很有境界的作品。賞讀〈夜行車上〉。（註九）

車廂裡坐著兩個年輕人
一會接吻一會擁抱
他倆以為大家都睡了
卻不知有個老叟在偷瞧

那個老叟不是別人就是我
那兩個年輕人怎會知曉——
愛情是藥，老年人吃了
能夠興奮，可防衰老

愛情真的可回春，可防衰老，這可是有根據的事實。有個已經停經的女生，突然又有了「落紅」，她以為得了什麼病，趕快去求醫。醫生檢察、診斷後，笑問：「小姐，你是不是談戀愛了？」她靦腆答是，醫生說：「恭喜妳，妳回春了，停經的婦女若又有了愛情，是有可能回春，才又有了月經。」

男生應該也是，不過老叟只是「偷瞧」別人的愛情，功能不會太好，要自己下海談戀愛才有防衰老效果。其實詩人只是在幽自己一默，打趣搞笑，愉樂詩友吧！賞讀〈身影〉。

晚歸不覺夜已深
月照有人身後跟
我慢走他也慢走

我快奔他也快奔
心想：要是女的該多好
進到家裡就結婚
回頭一看傻了眼
和我原是一個人

也是一首幽默、自嘲的作品，深夜身後覺得有人跟，通常聯想到「女鬼」的心頭毛毛感，不會想到一個進門就可以結婚的女生。但以各家詩寫身影，金土如是表現，也算是創舉了！

深夜也好，做夢也罷！為何金土總在愛情裡憧憬著？我從各角度、各詩作研究金土的愛情詩，除了對老婆是經驗性的，其他則是透過觀察和想像力的發揮，這部份倒很像聞一多的愛情詩。聞一多的情詩並非實際愛情生活的描寫，非經驗的，而是理想、憧憬和哲理的，是一種愛情頌歌。（註十一）金土的情詩，當然沒有聞一多、徐志摩、郭沫若高明，但風格比他們鮮明、突出，自成農村鄉土的龐然大部，古今中外恐難以有人超越了！

小結

大象娶了一個最好的老婆
相敬如賓整日地卿卿我我
一天來到郊外旅遊
卻愛上了狐狸妖冶的姿色

大象和老婆漸漸疏遠
晚上睡覺再也不貼身而臥
老婆傷心地嘆了一口氣道：
多深的感情也怕插入第三者（註十二）

這回找來大象當「愛情代言人」，簡單幾句就道出古今中外的「愛情真理」，愛情終究屬於兩人世界，容不下第三者（少數地區的一夫多妻制例外）。

《情愛集》作品也很多，〈我的生活〉、〈求其友聲〉、〈凌云贊歌〉，讓這本書成為情愛寶庫。這麼多詩作，很難一一去解析，不過本篇三章應大致把握了大方向。

註釋

註一　曹長青、謝文利，《詩的技巧》（台北：洪葉文化事業有限公司，一九九六年七月），第十章第一節，〈何謂風何〉。
註二　同註一。
註三　趙鴻德，〈情愛的花朵〉，金土，《情愛集》（北京：中國文聯出版社，二〇〇九年五月），序頁八—一三。趙鴻德，中國鄉土詩人協會會員、中國凌云詩歌協會會員。
註四　金土，〈蚊子姑娘〉，《情愛集》，頁二三一。
註五　金土，〈夢中情人〉，同註四，頁一四九。
註六　金土，〈人星戀〉，同註四，頁四六。
註七　劉滌凡，《長生不死與愛情的抉擇》（台北：文史哲出版社，二〇〇五年九月），第七章。
註八　金土，〈吻〉，同註四，頁一〇六。
註九　金土，〈夜行車上〉，同註四，頁一一七。
註十　金土，〈身影〉，同註四，頁九六。
註十一　金尚浩，《中國早期三大新詩人研究》（台北：文史哲出版社，民國八十九年七月），第四章第四節。
註十二　金土，〈大象的愛情〉，同註四，頁二三〇。

第六篇 《病中詩筆記》賞析研究

2012年1月14日晚，时任绥中县县长罗建彪（左）与《诗海》诗刊执行主编金土在绥中宏跃大酒店留影

第二次见到你，是2012年1月14日
《辽海诗词》来绥召开年会
共进晚餐，心情激荡
有人喊："罗县长看望大家来了！"
大家立刻起立，使劲鼓掌
当你来我们酒桌敬酒的时候
我第一个提出和你照像
你是全县人民的父母官
和你站在一起感到无限荣光
那张像我已给镶进
带花边的镜框里
端端正正地挂在我家墙上

——摘自本书第55页《三见罗建彪》第二节

第十六章　金土突生病，養病詩千首

《病中詩筆記》是金土第五部巨構詩集，詩總量大概是五部中最多，上看千首。我歸納出三個核心要點為本篇的三章：灱金土突生病，養病詩千首。牞愛妻突生病，金土連心痛。犴編刊詩友情，個個情超金。如何訂出這三個主題？還是根據我初淺的探索金土的人生觀、愛情觀、人生目標等，在這部詩集作品中，印證出來，是他人生實踐的重要價值。故深值評述讚揚！大書特書！

生病、養病有什麼好寫的？還要研究探索，這要看人生在那個階段生病，生什麼病？重不重？若在青壯年時期，肯定沒什麼好寫。但老年人生病就不一樣，小小的感冒就可能取得「天堂移民許可證」，所以老年人生病會想很多，思考得很深入。以筆者為例（台灣地區以實歲滿 65 歲為法定的「老人」稱謂），各種老人病也一個個找上門，每年幾次進出醫院已成「常態活動」。我就常想到人生尚有未了之事，「急迫感」油然而生，包括寫這本「金土研究」就是考量金土的急迫感，他今年（二〇一七）應是七十六歲（見書末年表）。他在二

○一五就「見到閻王爺，苦求才又回」，下回閻王爺還這麼好說話嗎？於是我帶著我和他共有的「急迫感」寫這本書。

研究金土病中都在做啥想啥？如何面對一場病？用什麼心態和病魔打交道？他在思索那些人事？對筆者是一種學習，對現在和未來有緣的讀者，是一種啟示和鼓舞。試想想，金土「病中詩筆記，寫了上千首」，生病可謂是人生的必然過程，我等諸君未來生病要幹啥？我們得向金土學習。

病中詩筆記，寫詩上千首：李白斗酒詩百篇（杜甫語），金土從生病住院到在家養病，時間大約八個月，他「每天順與逆，都往詩中寫」，**「病中詩筆記，寫了上千首。筆墨任揮灑，心血願付出。水幫漂敗葉，風助吹塵土。留下是金子，君應仔細讀。」**這是何樣的詩人心志，歷史上有詩鬼、詩魔、詩囚……我說金土是「詩農」，好像太過文雅了，力道不很強，強烈的創作動力從何而來？原來詩是可以治病的，〈新發現〉。（註一）

1

早晨去打針，晚上來服藥。
紙筆隨身帶，寫詩可化療。

2

晚上來服藥，突然感覺到——
藥能孕育詩，病在詩中好。

這樣的「新發現」透露出什麼訊息？首先是一種平常心的態度，對世間萬事萬物、生老病死，都能用比較淡泊、清淨的心態去看待，這需要人生歷練加上一些修行才做得到；其次，有了平常心就可「與病共舞」，把病當成一個可以和平相處的「朋友」。於是，「養病」和「養詩」同在一屋裡進行著。

養病同養詩，詩常從這出：金土就這樣以平常心養病，每天過著平靜的日子，讀書、吃藥、寫詩，也算幸福生活。**「家中一小屋，只我一人住。炕尾擺堆藥，枕邊放本書。到時兒送飯，過點自熬粥。養病最佳地，詩常從這出。」**（註二）身為詩人，遲早都會有生病養病的機會，但能「養」出什麼呢？這應該是我等身為作家詩人者，讀了金土這些〈養病歌〉（註三）須有所學習或反思。

1
養病在床上，憑窗向外望。
風吹樹葉舞，雨落蜻蜓翔。
草甸燕抄食，花山蜂采香。
心中興致起，揮筆寫詩章。
……
9
養病半年多，天天練體魄。
胳膊甩又晃，腳步騰還挪。
扔掉三根腿，編出五律歌。
一歡解百愁，我要戰沉痾！

很多人一定聽智者說過而自己也認同，「人生是一場戰鬥」，是一連串的戰役，所以必須以積極的戰士態度，迎向多變又無常的人生戰場，才有機會收割勝利的果實。否則，極可能很快被汰除，乃至退出人生戰場。〈養病歌〉共有九節，從這首詩歌看出金土是一個怎樣的人！快樂樂觀的詩人，積極勇敢的戰士。這個氣質（本質、特質），正好也合於我所研究高中輟學到萬家公社，開始接地氣通人氣一路奮鬥至今的中國鄉土詩人金土。

詩友都來看，真情暖心窩：心理學家說，人類初生後約一歲多開始有「明顯的友誼關係」，此後一輩子到臨終前都在學習交朋友。這麼「簡單」的事要學一輩子嗎？聽起來有些不可思議，天底下那有什麼「功課」要花一生光陰學習呢？惟深思之，確實如是，要自我毀滅或成就大業，基本上看你跟什麼人玩在一起，這是一個簡單而不易「自覺」的人生大命題。

金土從年輕時代就有廣結善緣的觀念，例如他十八歲初中畢業時，特地在沈陽生生照相館照一張很體面的相片，送全班同學各一張。（註三）在這個年紀懂這樣做的孩子不多，筆者根本還處懵懂狀態。之後，金土就更積極的通人氣接地氣了，在《病中詩筆記》他所寫到的朋友，可能上看數百人。

光是在序頁提詩有劉忠禮、王光野、張振林、尚爾貴、張懷忠、馬玉奎、李恩福、葉春秀、張春海、安九振。在第一輯〈病中詩筆記〉他詩寫來探病的文友有杜尚權、李光、奚寶書、劉忠禮、雷中鳴、吳春玲、王志國、鄭義林、劉章、峭岩、王恕、張麗萍、楊瑞忱、趙鴻德、李樹敏、孫忠恕、馬老衲、馬長富，血親姻親亦多來關懷，金土都有詩記，以下陽陰兩界各取一首欣賞。（註四）

〈懷老友〉（楊瑞忱）

一進常家溝，心中懷老友。
晚年才寫詩，早歲曾教書。
崇拜劉章筆，愛喝金土酒。
逝前還未忘，情在酒中流。

〈讚劉章〉

我讚劉章哥，乃為我楷模。
取刀切骨瘤，揮筆寫詩歌。
古韻保留少，新風納入多。
不光形式美，詞句也鮮活。

楊瑞忱是《凌云詩刊》副主編，住在綏中縣李家鄉常家溝，已移民天堂，但他的人品詩品永在詩友心中。劉章是當代著名詩人，有詩詞作品《古韻新風》。金土生一場病，**「親友來瞧看，大多贈送錢。全都存鐵柜，準備當紀念。」**（註五）希望這是金土的詩語言，錢要用掉才顯價值，用掉才是你的，未用的全是遺產。我常給「老」朋友說，「不要人在天堂，錢在銀行」！

養病在家中，心懷家鄉美：金土在家中養病，沒有文友上門時，心懷祖國山河大地美景，尤其故鄉附近如山海關、孟姜廟、九門口、小河口、大風口、將軍湖、綏中縣、三女峰、六股河、東戴河、大青山、王寶鎮、萬家鎮、王家村、河套村、小南屯、小北屯、石牌村、青山石、王鳳台、望海台、止錨灣。賞讀兩首。（註六）

〈綏中縣〉

有幸來綏中，坐車去采風。
李家蘋果多，前衛稻糧豐。
魚躍止錨港，鳥飛三女峰。
劉章看過後，直道有詩情。

〈止錨灣〉

金土過雙休，止錨海域游。
水清砂子白，風細陽光柔。
垂釣去灣裡，看船來碼頭。
歸時欲寫詩，必到鶴萱樓。

按金土註解，「李家」是鄉名，「前衛」是鎮名，「止錨灣」是漁港名，「三女峰」是旅遊勝地，劉章是他崇拜的詩人，在詩文中常提到。止錨灣距離王家村也只有九公里，鶴萱樓也叫萱鶴樓，是止錨灣附近有名的農家賓館，館主正是《詩苑》副主編趙鴻德，文學底子深厚，著有《碧海銀花》詩集，內容豐富，語言生動，藝術表現獨到，為詩壇上著名之珍品。

人老前景少，回憶日愈多：一群大媽和阿公們在公園聊天，「人越老前景越少，回憶越來越多，終於只剩下回憶。」這是當然、自然，詩人也是，整本《病中詩筆記》有很多回憶之作，回憶人、事、時、地、物、情愛、友誼、事業，還有如意失意等。尤其最容易回憶那些失去的，失去不在了是最珍貴，憶童年、憶父母家人、大哥大嫂的故事……無窮的回憶，一大把年紀，深夜人靜，人老了睡覺時間也少，能做啥！回憶寫詩是最佳時間運用方式，用的最值得。（註七）

〈夢童年〉組詩部份

跟兄去放牛，往往遍山走。
鳥語與花香，常常落滿頭。

時常河套走，步步踩石頭。
鞋底磨出洞，腳聽大地吼。

〈憶割柴〉

那夜去割柴，隨行有胖小。
我哼明月曲，他唱迎春調。
刀起枝脫落，繩拉山動搖。
天明運到家，娘在門前笑。

除了是回憶也是有意境的作品，「鳥語與花香」是聽覺和嗅覺，用觸覺「常常落滿頭」承接；而「刀起枝脫落，繩拉山動搖」，也是語不驚人死不休，極盡詩語言誇飾之能事。

金土這一生，文朋詩友多：金土生病養病期間，照理說應該很閒才是，但看他病中詩寫的範圍極廣，寫了近千首詩，可見其人和心都沒有閒著。他想到的事太多太深了，甚至也給自己的一生做了「總結」。〈我一生〉有九首組成，引其部份賞讀。（註八）

1

我的這一生，常常這樣過：
白天鋤地草，夜晚寫詩歌。
韵在土中刨，句從禾上結。
忙閑渾不計，苦累生歡樂。

3

我的這一生，說來也坎坷。
遷居六次忙，入校三回輟。
種地逢天旱，寫詩遇紙缺。
尤其二〇一五年，命運老出錯。

5

我的這一生，向來好性格。
與貓逗逗話，和狗拉拉嗑。
對雨吟吟詩，跟風唱唱歌。

草花頻點頭，云月看著樂。

6

我的這一生，文朋詩友多。
台灣福成弟，大陸劉章哥。
昨晚托鴻雁，今晨傳電波。
何時聚我家，邊飲邊吟哦。

人生何時才要給自己做一個「結論」，把這輩子所有已完成、未完成的大業，及確定那些事是必須完成？等於是人生的「總結」。這其實完全看自己的企圖心，自己的春秋大業到底是什麼？金土是「中國鄉土詩人」，這是他的春秋大業，也是他的人生定位，他必須把中國鄉土詩人這個角色，做得盡可能「圓滿」。

研究金土的一生行誼，他大致上緊抓「中國鄉土詩人」的核心價值，全心全力去努力實踐。他創作、編刊、參加每年各地舉辦的中國鄉土詩人詩會活動。因此，金土這輩子**「我的這一生，文朋詩友多。台灣福成弟，大陸劉章哥。」**筆者這輩子活到六十五歲了，能在中國鄉土詩人金土先生心頭有個位置，也是我這輩子的榮耀，此生風光美事再添一件，不亦快哉！

〈我一生〉組詩九首，是金土簡單的人生回顧小結。現代社會醫學發達，人也知道要如何養生？我雖常勉人生死乃自然之事，不要太多掛礙。但我希望亦確信金土可以如第九首詩所述，**「我的這一生，能活一百多。著書十幾部，立論幾十個。」**金土更美的風景，還在後頭呢？

小結

《病中詩筆記》詩千首，包羅萬象，難以用幾個主題概括。但無論如何！翻翻他這部大著定使閱讀者「大開眼界」，原來寫詩還有這樣寫的。例加，〈我的一天〉組詩，他分成序、凌晨、天亮、日出、早飯、午前、午飯、午後、日落、天黑、晚飯、入夜、夜半、跋。（註九）共分十四首詩記錄他一天的心境感想，還有他二行體詩、三行、四行、五行……多種體詩，都創意十足，充滿詩人奇異想像力。一輯〈結束語〉，詩人有期待。（註九）

2

讀完這組詩，但願細分析。

哪句合乎轍，哪句不夠律。
和誰寫法同，與某筆鋒異。
要問啥風格，可稱金土體。

4

大恙九個月，痛苦知多少。
吃藥臉膀腫，打針手起包。
經霜楓愈紅，遇雨柳更茂。
試看詩評裡，我比柳楓嬌。

人活在世上要像金土這樣有自信（不是自大），他雖經歷病痛，卻能「病中筆記詩，寫了上千首」；超越肉體病痛，以詩修行，以詩療傷，故又能「經霜楓愈紅，遇雨柳更茂。試看詩評裡，我比柳楓嬌。」有這樣風格、氣節的詩人，我便用心寫天下第一本《金土研究》（即本書）。

註釋

註一　此處所引詩，見金土，〈新發現〉、〈編後感〉第三、八首，《病中詩筆記》

（北京：華夏出版社，二〇一六年三月），頁九、頁四二—四三。

註二　金土，〈養病屋〉灱，《病中詩筆記》，頁二七—二八。

註三　這張成熟英俊的照片，可見：金土，《張云圻詩歌筆記》（長春：吉林攝影出版社，二〇〇三年二月），書前照片第一張。

註四　金土，〈懷老友〉、〈讚劉章〉灱，同註二書，頁三四、三五。

註五　金土，〈贈送錢〉，同註二書，頁七。

註六　金土，〈綏中縣〉、〈止錨灣〉，同註二書，頁二〇、二四—二五。

註七　金土，〈夢童年〉、〈憶割柴〉，同註二書，頁五、二八。

註八　金土，〈我一生〉，同註二書，頁四一—四二。

註九　金土，〈結束語〉，同註二書，頁四三。

第十七章 愛妻突生病，金土也心焦，情愛如初戀

筆者因對兩性關係很好奇，年輕時代寫作常以兩性關係為主題，探索其中的奇妙和道理，窮追問題的答案，後來這些文章集結成書，出版了《男人和女人的情話真話》。（註一）因此之故，對世界各主要國家地區的兩性現況，如結婚率和離婚，我略有把握如表。（註二）伊斯蘭和印度教國家，據聞離婚受限很多，情況特殊，故此不論。如表所示，美式文化地區離婚率最高，而兩岸中國人似乎差不多。

結婚率	離婚率	區分
72	24	中國
61.6	24.1	臺灣
51	46	美國
48	22	法國
60	43	英國
58	47	俄國
61	20	日本
50	46	澳洲
58	40	加拿大

世事好壞都是比較出來的，假設十對結婚，十年後有六對離婚，三對已成同床

異夢狀態，剩下一對尚能和平相處，這一對就成了「幸福美滿」之典範，乃至可能是某地唯一的「愛情傳奇故事」。世間事都因稀有而珍貴，滿朝政客都腐敗，唯他清廉，他便是珍貴的寶；九成九的婚姻都判了愛情的死亡，只有極少數夫妻能恩愛一輩子，老夫老妻情愛如初戀，這就成了人間永遠讓人歌頌的愛情傳奇故事。金土和馬煥云這對老夫妻，到老都恩愛如初戀，這種典範就算找遍全地球，可能也找不出幾對，所以成為我頌揚的珍寶。

在本書第六章〈情詩，禮讚張云圻與馬煥云的愛情傳奇〉，結論我舉例世界各民族三個愛情傳奇故事：《梁山伯與祝英台》、《羅蜜歐與茱麗葉》、《蓋斯與萊拉》。（註三）惟此三者都是悲劇收場，未來應有一部喜劇收場的愛情傳奇故事，《張云圻與馬煥云》。

愛情議題永遠書不盡說不完，愛情傳奇永遠值得歌頌！禮讚！那是人類情感昇華的極致。《病中詩筆記》詩集有不少愛情詩寫，故針對愛情議題再開一專章，引領讀者再入金土和馬煥云的愛情花園，欣賞他們甜蜜的情話世界，禮讚他們苦樂一同的心連心情境，這是人世間已是極稀有的珍寶啊！

愛妻突患病，金土也心焦：所謂患難見真情，可能是「人」這物種特有性質，普遍現象皆如是。只是極少數人例外，見人有難再落井下石，那是人類裡的次級品，乃至低級品或「廢品」。

所以，通常「有事情發生」時（不論好事壞事），就正是考驗人格、品性、心態的時候，不管友情親情愛情等諸種關係都是，夫妻也不例外。試假設，你面臨很大困難時，剩下那些朋友？又如果你突然中了一億人民幣頭獎，會出現那些「新朋友」？

世間夫妻無不生病，若一方生病且病得不輕，另一方表現如何？筆者研究這些問題半個世紀，觀察記錄身邊朋友上百對，媒體此類報導資料不可計數，發現很多有趣現象，乃至是人性「真理」。我讀到了金土〈妻子病中詞〉，一開始他說：**「夢卜一畦菜一畦，相愛才是好夫妻。她有病，我無疾，每天都陪去看醫。」**又說：**「玉米開花一綹毛，賢妻患病我心焦。白天護理躬身幹，夜晚歇閑閉眼瞧。」**（註四）這對夫妻心連心啊！他們之間有一種「神奇的連繫」，超越了心理學所說的「同理心」，筆者只能讚嘆！無法詮釋根本的因緣何在？因為這種因緣涉及三世（前世—今生—來世），凡人無法全知，唯佛能知其全。或許，也只能從金土的詩發現一點秘密吧！

〈清平樂．妻病我痛〉

賢妻患病，我也胳膊痛。有道早春天太冷，人老衣單怕凍。趕忙去看醫生，打針吃藥都行。糟踐錢財不少，這場教訓非輕。

〈采桑子・夫妻無病該多好〉

賢妻患病夫肱痛，可以說明。禍不單行，讓我焦急心不寧。夫妻
無病該多好，說愛談情。我我卿卿，臉上時時綻笑容。

老婆生病，金土不僅心焦，連肱也痛，胳膊也痛，陪進陪出看醫生。我想，讀者之中多的是為人之夫（含筆者），遲早總有老婆生病的時候，我等能做到什麼「境界」？我卻不敢寫、不敢說，萬一，到時做不到或難以盡如人意，我豈不「雞嘴變鴨嘴」（台灣俚語，類似空口說白話或自說做不到之意）。

金土多情物，夜思老嬋娟：金土走到天涯海角，心中還是想著老婆，真不知讓天下女人們羨慕還是嫉妒？〈思老妻〉，「**辭別家鄉編詩刊，一晃又有十多天。詩人本是多情物，昨夜開思老嬋娟。**」編個詩刊為什麼要離開家鄉十多天？住在台灣的人想不通，原因我且不管他。很多人說，丈夫、丈夫，一丈以內是丈夫，言下之意男人出門了，就不是丈夫，因心不在家，也不在老婆身上，更可能成為別人的丈夫。但我研究金土夫婦，距離對他們完全不是問題。可以這麼說，絕不會讓「任何女人男人、任何團體、任何誘惑、在任何時候、以任何形式、把金土或馬煥云任何一塊愛心分裂出去。」（註五）這是多麼堅貞、純潔的愛情，對其他任何人來說都是「神話」，賞讀金土〈給我妻〉。（註六）

1
我曾與我妻，同月住醫院。
她在秦皇島，我於綏中縣。
我還住院治，她已回家癱。
人到此時節，方知身要健。

2
我妻床上癱，咋會不艱難？
有痛就哭鬧，無陪便亂喊。
為夫懂體諒，孝子知怎辦。
肩上有責任，豈能不去擔！

3
野外冷嗖嗖，天時是晚秋。
地瓜用鎬刨，玉米使刀收。
鄰舍天天喜，癱妻夜夜愁。
人生一輩子，難料誰禍福！

就是在這艱困的時候，人的心境清明，腦袋清醒，思索的事特別深入，「人

生一輩子，難料誰禍福」，這是經過人生很多起落經歷，才能看到的生命實相。而就詩而言，**「我妻床上癱，咋會不艱難。有痛就哭鬧……」**或許並非多高境界的作品，只是完全保持數十年一貫風格。如他第一本詩集《張云圻詩歌筆記》裡楊子忱的序說的，未加任何裝飾和掩藏，直接袒露出來，自然地寫出成為一種詩史。（註七）我想更重要的是詩人真性情的自然流露，體現了夫妻一體、同甘共苦的情境，加上二人愛情的堅貞，故能為對方承擔一切！

愛妻出院後，回家就幹活：有老公細心照料，有愛情如無尚大法的加持，就像一個受傷的人碰到一個有正義感的武林高手，以絕世武功化解了內傷，很快好了。**「我妻出院返回家，掃地抹桌把炕擦。屋與以前一樣亮：當誇！」**。老公的誇獎，妻子就無怨無悔的付出，難怪金土的誇妻詩也是難以計數，如〈與妻四十首〉部份。（註八）

〈誇妻〉㈠

妻子長得美，像朵紅玫瑰。
我願當蜜蜂，天天採花去。

〈誇妻〉㈡

妻子愛勞動，整日忙田中。
春播曾冒雨，秋收常挾風。

〈誇妻〉(三)

妻子最精細，夜夜晚晚睡。
為我鋪完床，又去縫情意。

〈誇妻〉(四)

妻子情最多，早就有承諾。
老公若寫詩，她就給研墨。

如是誇妻、讚美妻的詩，真是古今中外天底下所未見，在此之前「上窮碧落下黃泉」也找不到。這些作品現在問世，未來也必「絕後」，也就是「金土式愛情」，誇妻如讚佛，會是人類歷史上的空前絕後，以後在人類社會不會有第二例。難怪愛妻出院就幹活，無條件為金土做一切，為金土而活。

金土夫妻情，人間真善美：欣賞金土的愛情詩，感受他們夫妻的生活行誼，有如享受著人間一幅幅的真善美景。讓天下夫妻們知道，原來婚後愛情是這樣

維持的，原來婚姻生活是這樣「經營」的。再從〈與妻四十首〉選讀幾首看他們日常生活。（註九）

〈吃蘋果〉

妻子吃蘋果，我給削的皮。
只要因為愛，幹啥都可以。

〈洗衣服〉

妻子洗衣服，我去給舀水。
為了尋求愛，得會打「溜須」。

〈妻夜讀〉

妻到夜深時，還在苦讀詩。
但願她肚裡，懷上我的詞。

〈夏夜〉

為讓妻睡寧，我給煽涼風。
心裡多少愛，都在扇子中。

〈跟隨〉

雲於大山生，愛從心底起。
妻子幹啥去，我都緊跟隨。

讀者看官們，看看要如何形容或描述這對傳奇夫妻？他們百分百做到「夫唱婦隨」和「婦唱夫隨」，到底誰跟著誰？邏輯不通，難以解釋。原來他們是一體的，**「倆人過生活，心往一塊貼。妻若是秤杆，我就是秤砣。」**（註十）這是天下夫妻最好的榜樣，向金土夫婦學習，婚姻永遠如初戀。

小結

金土夫人馬煥云女士，於丙申（二〇一六）年臘月初一逝世，陽曆是十二月二十九日。筆者雖不認識這位女士，但讀了這麼多有關她的作品，對於她的人品、個性、才情，抱以無限尊敬，並在心中遙遙向她頂禮。賞讀幾首金土〈妻到晚年〉。（註十一）

〈妻到晚年〉(一)

時間過得快，一晃到晚年。
兒孫一大群，妻說都喜歡。

〈妻到晚年〉(五)

走路腿腳慢，步步在盤算。
夫妻情意重，一生永相伴！

《病中詩筆記》，金土一病詩千首，到處充滿夫妻二人的情愛，就算已是老夫老妻了，依然如初戀般，天天在愛河中沐浴，真是人間奇景！

研究了這麼多金土和馬煥云的愛情歷程，在他們身上發現了愛情力量的無窮。而在金土的詩歌創作生涯中，為何可以從馬煥云身上「生出」幾乎無限多的情詩和情意？似乎只有一種解釋是較為合理，馬煥云是金土的 Beatrice。雖然兩個例子命運不同，但女主角對男詩人（坦丁和金土）產生的創造啟發力則完全相同。郭沫若也曾受到這樣愛情力量的啟發，在他的自傳體小說《漂流三部曲》，郭沫若這樣描述：（註十二）

> 哦，我感謝你！我感謝你！我的愛人喲，你是我的Beatrice！你是我的！Beatrice！你是我的！長篇？是的，最好是作長篇。Dante為他的愛人做了一部《神曲》，我是定要做一篇長篇的創作來紀念你，使你永遠不死。啊，Ava Maria！Ave Maria！永遠的女性喲！……

但丁為貝德麗采（Beatrice）寫了《神曲》，貝德麗采永恆不死，幾百年來活在很多人心中，成為絕美的愛情傳奇。而郭沫若為安娜寫了長篇，金土的五本大部詩集盡是馬煥云的情意。這些經典傳奇，都會被每一代人傳頌，永恆不死！

註釋

註一　陳福成，《男人和女人的情話真話》（台北：秀威科技文化股份有限公司，二〇一〇年十一月）。

註二　人間福報，二〇一六年元月四日，第五版。

註三　《蓋斯與萊拉》是阿拉伯的愛情傳奇故事，因長期以來伊斯蘭世界被英美強權醜化，外界鮮有所知。萊拉是富家女，蓋斯是個很窮的詩人，他們的情節和結局，與梁山伯與祝英台、羅蜜歐茱麗葉，大致都類似，以死亡收場。所以，應該有個喜劇傳奇，《張云圻與馬煥云》，平衡人世間的悲喜氣氛。

註四　金土，〈漁歌子．開頭語〉、〈鷓鴣天．給自己〉灼，《病中詩筆記》（北京：華夏出版社，二〇一六年三月），頁四七。

註五　引中共十九大，習近平同志對台灣問題「六個任何」講話用語。原文是絕不允許「任何人、任何組織、任何政黨、在任何時候、以任何形式、把任何一塊中國領土從中國分裂出去。」十九大全代會於二〇一七年十月十八日在北京開幕，二十四日閉幕。各項報導可見此期間國內外媒體。

註六　金土，〈給我妻〉，《病中詩筆記》，頁三九。

註七　楊子忱，〈山海關的風〉，金土，《張云圻詩歌筆記》（長春：吉林攝影出版社，二〇〇三年二月），序頁一—四。

註八　金土，〈與妻四十首〉，同註六，頁三七七—三八三。

註九　同註八。

註十　同註八。

註十一　同註八。

註十二　金尚浩，《中國早期三大新詩人研究》（台北：文史哲出版社，民國八十九年七月），第二章，頁九二。

第十八章　辦刊是大業，詩友情是金

辦詩刊雜誌是金土的春秋大業，重要的人生使命和目標，也因有了這些工作，與很多文人詩友結了好緣，從他很多寫文友的作品，看出他心中那份友情和金子一樣珍貴。研究金土若不寫編刊大業，只能看到他半個人生。

從金土一生的簡歷（書末年表）看，他有辦刊編刊的想法，可能是第一本詩集《張云圻詩歌筆記》要集結出版才有的，此時他說自己「悟到奇妙的自我發現」，想從創作再邁向編刊，擴大文學詩歌影響力。第一本詩集出版後，他開始加入很多詩會組織，擔任《中國鄉土詩人》編委，二〇〇六年「綏中三詩友」（金土、李光、李保安），開始做創刊的準備工作。二〇〇八年則是「創刊元年」，此後就一發不可收拾了，本章不談他們創刊過程（可略看第一篇各章），而是從《病中詩筆記》有關編刊詩記，賞閱金土的「創業精神」和他們友誼情操的真善美。金土自己在〈我一生〉詩說：「我的這一生，文朋詩友多。」（註一）我研究金土，他的文朋詩友總要知道一些！

《病中詩筆記》有關他編刊的文朋詩友記錄，在第三輯〈書刊報載大薈萃〉。最早誕生的是二〇〇八年八月《凌云詩刊》創刊號，總編李大興，執行主編金土。有一首〈我愛《凌刊》編輯部〉詩記，「原為人民鼓與呼／紅日照征途」。（註二）這是詩刊宗旨的意象，要刊出中國人的心聲，要大放光彩。不久《凌云》改《詩海》，〈在《詩海》詩刊任執行主編的日子裡〉，詩有五首，賞讀其三。（註三）

《詩海》來弄潮，幾曾被浪埋。
艱難從不悔，壯志滿心懷。

〈不歸〉

離家只百里，恁地不須歸？
夜靜好編稿，出刊莫誤期。

〈出刊〉

期刊出版喜盈盈，常使主編忙不停。
連夜發行國內外，似聞一片歡呼聲。

刊二〇一一年第一期《江北詩詞》

一、三、五詩刊二〇一〇年第四期《孔雀台》

在台灣文壇有一句話，「要害一個朋友就叫他去辦雜誌」，讓他「人財兩失」，我不清楚大陸詳情如何！但我辦《華夏春秋》一年半就打烊（見第三章），金土一路堅持下去，可能已非「壯志滿心懷」能夠說明，當年我也是壯志滿心懷，路卻走不下去，非得要打烊不可！

辦雜誌困難重重，金土如何堅持下去，沒有就近觀察是不知真相的，我只能佩服！禮讚！在《詩海》編輯部組詩六首之一，二〇一〇年四月十三日「喜遷新居日」詩或許有部份答案，**「來到綏中運政樓，仰著臉兒往上瞅。五層有個大房間，便是《詩海》編輯部。」**（註四）有個「家」至少解決一半難題。詩刊在金土和全部同仁努力下，終於順利發行，在《詩海》兩歲時，金土心中感慨多，以人物為對象寫了兩歲組詩（內有三十多首），分別是：給孫忠恕、我自己、李光、張振新、李恩福、湯云、葉文祥、趙鴻德、秦旺、馬長富、呂倫、凌江月、王恕、高德意、劉希英、王志國、李六正、歐亞、張秀華、薛之禮、劉紹綏、梁德昌、譚杰民、未入會者、投稿過多者、王佃恒、徐瑋、賈德明、王維江、張春海、葉春秀、全體會員、序、跋。賞讀部份。（註五）

〈給孫忠恕〉
《詩海》詩刊兩歲時，有發賀信有題詞。
讓人最可凝神處，孫老題詞是首詩。

〈給李光〉
年庚雖已近八旬，不減當年精氣神。
還在《海刊》當主編，盡心盡力受人尊。

〈給秦旺〉
《詩海》第一期，封皮就很美。
是因刊你像，生了許多輝。

〈給馬長富〉
每次去出刊，我們都晤面。
若無《詩海》志，哪有老來戀。

〈給凌江月〉
凌江一片月，來自新加坡。
映照我《詩海》，幾曾增景色。

〈給全體會員〉

長江波浪湧，珠瑪高峰聳。
百川匯詩海，騷壇架彩虹。

這位執行主編真格不得了，他把全體會員當「情人」，一個個談「老來戀」，這是他的用心，他的真情，每位詩友情是金，一一為他們寫「情詩」，禮讚每一位參與者，等於把每一份子團結起來，詩刊才能辦得好。

這樣的作為在深化人我間的因緣關係也重要，可以拉近人與人之間的距離，他主動「出擊」，而不是等人上門。這又展現了金土個性的積極性，就像早年他在「萬家公社」那樣，全身散發著幹勁，不因如今一把年紀而有所改變。到了《詩海》三周年，他有組詩二十多首，分別：給葉春秀、蔡麗雙、吳春玲、高保國、馬長富、李光、張春海、孫忠恕、秦旺、湯云、陳泉芳、令狐貴忠、趙鴻德、余定平、王恕、王毅、彭先貴、張啟麟、周子龍、曹德松、我自己、我的編輯室、鄧文林、張國權、序、跋。這回金土在每人詩的附記小傳，把大家的貢獻，如工作、捐款等都公開列出來，揚善於天下。讓人不得不佩服他的服務精神，賞讀幾首。（註六）

〈給高保國〉

猶記《凌云》刊，周年大慶時。
和您緊握手，與我暢談詩。
同覽九門口，共游姜女石。
情深如管鮑，詩友盡皆知。

〈給秦旺〉

郵箱投稿多，其稿最迷人。
字字都生輝，行行皆蘊金。
涵蓄意境美，別致題材新。
不用看通聯，就知他姓秦。

〈給陳泉芳〉

回首三年前，創刊不簡單。
八方求贊助，九處肯支援。
誰給我排難，我跟誰結緣。

卻沒料到你，今又寄來錢！

金土記性得到好家傳，同仁詩友的滴滴點點他全記得，對每個人詩品文品人品都了然於胸，於適當時機用詩表達出來。這不僅是每個詩友的小史，也是詩刊發展史，金土的春秋史。

高保國和筆者也曾有一段緣，我的《華夏春秋》在台灣打烊後，他首先在大陸復刊，只發行一期。之後就是金土的全面復刊（詳見第三章），高金二位竟有「管鮑之交」，未知誰是管？那位是鮑？

辦刊很辛苦，只能自得其樂。但金土超越自樂而追求「共樂」，乃至心懷天下。在〈給我自己〉詩這麼說：**「自幼愛詩詞，老來沒減志。心思天下情，手寫身邊事。常願忙一夜，不曾歇半日。辦刊任職編，哪有空閒時？」**。（註七）又說到古今詩品所述「自然」，自然就是身邊事。所謂「俯拾即是，不取諸鄰。俱道適往，著手成春。」隨手拈來，頭頭是道，這不就是金土的自然風格，自然到有點「原始」。

《詩海》不久改《詩宛》，到二〇一六年改《港城詩韻》，至今仍正常發行中。《港》刊於二〇一六年三月出刊第一期，有金土〈辦刊八年抒懷〉組詩七首，是他辦刊編刊八年來的心路歷程。賞讀幾首。（註八）

〈五律・給自己〉(一)

刊辦已八年，五洲四海傳。
籌資難又易，編稿苦還甜。
人事更迭快，名頭改換歡。
終能堅持住，回首總欣然。

〈長相思・給馬長富〉

老總監，新主編。八載時時幹勁添。心中似火燃。
說當年，話今天。每次出刊都把關。情豪意志堅。

〈七律・給李光〉

出刊八載闖千關，李老從來不怕難。
心細方能察對錯，眼明才會辨忠奸。
幾回出面排非議，多次挺身除弊端。
最是理財和校對，丹心一片獻詩壇。

還有〈漢俳．給趙鴻德〉、〈給鄧義林〉、〈給杜尚權〉、〈五律．給奚寶書〉。八年辦刊編刊一定涉及很多人事變遷，許多困難待處理，刊物（季刊）要按時發行，排版打字校對，做不完的行政工作，金土責任最重大。幸好他「八年身累瘦，走路尚英姿」。希望他健康長壽，詩刊才能一直發行下去。

由金土辦刊編刊的雜誌，還有《華夏春秋》，筆者在台灣停刊，他在綏中號召詩友復刊，這是了不起的壯舉，第三章已交待清楚，本章就不贅文。但金土有一首〈給台灣《華夏春秋》雜誌主編陳福成〉詩，是我和他的重要因緣，賞讀如下：（註九）

他是炎黃子孫
他是播種在孫中山上
孔子學院精心培育的一棵樹
根深幹壯，枝繁葉茂
千里流淌著中華民族的血
葉上寫滿了春秋正義
可台灣的海風很大
曾把樹枝吹搖、樹葉吹擺

扎在祖籍四川的根
卻從未被吹得搖擺

刊二〇一一年秋季號台灣《葡萄園》詩刊

這首詩金土很精準的抓住我的核心思想。很多在台灣土生土長的人，都因台灣史而有不少悲情，這是因為他在「中國人」還是「台灣人」之間搖擺，不知道「我是誰？」所以有悲情。假如你堅定的認同「台灣人也是中國人」，便沒有悲情。反之，隨著現在中國崛起、民族復興，你還會有幾分驕傲，當中國成為世界老大，你也是老大的一份子，怎會有悲情。

像我，每一本出版著作的封內〈作者簡介〉，定有這句話，「以生長在台灣的中國人為榮」，鑽研中國學，宣揚春秋大義為一生志業。我就是中國，中國就是我，這樣說我還有幾分自大，何來悲情？

小結

如何為《病中詩筆記》一書做個結語？還是難以寫得能夠概括全書近千首詩旨意。這本書有如一條長江或黃河，從一個「中國鄉土詩人」或一種「金土體」的基本理念流出，沿途流過數十省、數百萬平方公里範圍，開展出千百條大小江河溪流。一個窮人家的普通農民，高中沒讀完就輟學下鄉種地，如何成為今日神州大地一個著名的鄉土詩人？叫金土自己說吧！（註十）

〈自述〉

天生雖不濟，從小愛詩句。
有空就翻書，無閒還弄筆。
翻書書裡尋，弄筆筆中覓。
一日獲殊榮，終生享美譽。

刊二〇一三年第十一期香港《中國文學》

〈自白〉（一）

我是農民心最實，年少愛上筆和紙。
耕田也要裝兜裡，抽空就來練寫詩。

〈自白〉（四）

一天可以不吃飯，還可不喝一口水。

若是一天不寫詩，我心就會變枯萎。

〈自白〉(五)

我見詩詞分外親，把詩早已當情人。
嬌妻常講風涼話：「怎不跟詩也結婚！」

刊二〇一一年第二期《鄉土詩人》

從〈自述〉和〈自白〉詩，應該就可以理解他走上「中國鄉土詩人」，或稱為農民詩人的根本原因。可以這麼形容，他的基因裡就是詩，詩和他有「血緣關係」，才會「我見詩詞分外親」，於是「從小愛詩句」，一天可以不吃不喝，卻不能不寫詩。

但基因歸基因，如富二代天生就有的錢，不努力遲早敗光了錢。我研究金土的生命歷程，他懂得在現有基因基礎上，加上自己的堅持和努力，輟學沒關係，自己苦讀，「有空就翻書，無閒還弄筆」。困境讓他更堅強，他在《堂・吉柯德》、《悲慘世界》、《怎麼辦》和《丑小鴨》中找到學習榜樣，讓他更有勇氣堅持下去。

有了基因和努力，人生也未必可以成功，君未聞「苦幹實幹、撤職查辦」

嗎？所以「因緣」二字很重要，光一個人成不了氣候，任何事業必須是多人的合作才行，辦詩刊也一樣。金土從很年輕時（如初中畢業送全班照片、初到萬家公社接地氣），就很主動與人結緣，「我的這一生，文朋詩友多。」讓他辦刊編刊得以順利完成，一期期發行出來，文朋詩友情是「金」，是源源不斷的助力。

註釋

註一　金土，〈我一生〉，《病中詩筆記》（北京：華夏出版社，二〇一六年三月），頁四一—四二。

註二　金土，〈我愛《凌刊》編輯部〉，同註一，頁一〇三。

註三　金土，〈在《詩海》詩刊任執行主編的日子裡〉，同註一，頁一〇四。

註四　金土，〈《詩海》編輯部〉，同註一，頁一〇五—一〇六。

註五　金土，〈《詩海》詩刊兩歲時〉（組詩），同註一，頁一〇七—一一三。

註六　金土，〈《詩海》三周年讚譽滿乾坤〉，同註一，頁一一三—一二一。

註七　同註六。

註八　金土，〈辦刊八年抒懷〉，同註一，頁一二五—一二六。

註九　金土，〈給台灣《華夏春秋》雜誌主編陳福成〉，同註一，頁八三。

註十　金土，〈一位詩痴的手記〉、〈自白〉，同註一，頁二一五—二一六；頁二二〇。

結論：金土，其人其詩，就是這樣

不管欣賞或研究一個從未謀面的詩人作品，就好像賞研李白、杜甫或歷史上任一作家詩人，心態上似乎較能保持客觀，這是研究上的優點。但也有缺點，只能從作品或現有書面資料去理解，加上自己想像、推論，對研究主題（金土其人其詩），就會有所偏差。

我終於在有一點「急迫感」的推動，把金土已出版的五本詩集和發表在詩刊上作品（我有的），好好的賞讀、研究，可能是兩岸詩壇研究金土的第一本著作。對於金土其人其詩其事等，我到底有多少「精準度」？甚至有多少「偏差」？我自己不敢確定，只有等書出版後，由金土和大陸作家詩人們提出糾正。以下針對研究主題，簡述我心中很確定的觀感為本書結論。

一、有血有淚、有肉有骨有靈

「讀著，讀著，入了迷／放下書，耳邊還回響您的告誡：／「不嘔出心血的詩絕不是好詩」／《百花齊放》，璀璨奪目／還不是您用心血澆灌」。（註一）

這是金土一九五九年的作品，〈唱給郭老〉詩第三段，這年他十八歲讀初中二年級，立志當詩人之年，郭老是大文豪郭沫若。一路讀金土這麼多的詩（幾千首），總覺得他的人生充溢著情意，作品有肉有骨有靈，綜合成有血有淚的詩歌。原來他很早受到郭老的影響，作品盡是心血嘔出，是詩人內心純潔的真性情。尼采謂，一切文學余愛以血書者。想必就是這種有血有淚，有肉有骨有靈之作！

二、姓「詩」、姓「中」、姓「我」

黃秋聲先生在《啊，故鄉》序〈尋找詩的家園〉一文，談到詩，不可改變詩的母體基因，她只能姓「詩」，只能姓「中」，只能姓「我」。（註二）金土的詩，是鄉土詩、農民詩、筆記詩，從中國幾千年來的詩歌傳統檢視，確實是中國文學史的首創，她當然姓「中」，不是西洋也不是東洋，是中國文學之新體，「金土體」。

三、愛情，推動著世界前進

古今中外談情說愛的作品（詩歌、小說、電影……），比五洲三洋的水還多，卻無論如何不會比金土的愛情還多、還濃。他的愛情，推動著世界前進，他的人生觀就是愛情觀，用愛情的眼睛看待世界萬事萬物。妻子是永恆的情人，詩是他的情人、山河大地花草樹木也是情人，因此他有源源不絕的情詩，他的詩裡都是情和愛。

還有，從金土的眼睛看出去，豬、牛、羊、狗、雞、螞蟻、蚊子、大象、野蛙、燕雀……也都在談情說愛。

啊！金土，你的愛情永不凋謝，你四周的所有人都感受到你的愛意和赤誠，我從千公里外也能從詩裡讀到你熱愛的溫暖。愛情，確實推動著世界前進。

四、詩史會典藏於文學史的某一角落

大凡成為一種「歷史」，它總會存在於歷史的某一角落，差別只在有多少人「知道」或「記得」？大唐時代詩人，我們只是不斷頌揚李杜等一些天王級詩人。而有一些詩人作品從未被人提過，但他們始終存在文學史的角落，等待有緣人來使他「復活」。

黃秋聲先生在那篇序說：「傳與不傳是最終標準。不借飛騰之勢，自傳一方即為好詩，傳之幾代而不絕即為真詩……」（註三）每個詩人都在苦思索句一件事：如何創作出流芳百世、或能傳幾代的作品？

據筆對「歷史」性質的理解，對金土作品的基本認識，我初步判斷，他的作品屬於大時代文學史中的小地區「詩史」，會始終存在文學史的某一角落。當金土百年後「經幾代相傳，淘盡各類標簽」（黃秋聲語），時間和因緣會決定是否讓他「復活」！

五、人生有目標、有使命感、不忘初心

中共十九大全代會於二〇一七年十月十八日開幕，總書記習近平同志在向全體代表講話時，就以「不忘初心、牢記使命」與國人共勉。（註四）我在研究金土的人生行誼、創作歷程，就已看到這些特質情操，他一路走來，從年輕

到老對文學的執著，就已很清楚標示著「有目標、有使命感、不忘初心」形象。這些大陸詩友已多所論述，我不必再多饒舌。

六、古今未有、空前絕後的「魔術詩人」

古今寫詩的人比牛毛多，卻找不到有像金土寫得那麼痴，痴得走火入魔。儘管古今也有詩人號稱詩魔、詩鬼、詩痴、詩囚……但似乎也沒有金土來得「嚴重」。難以解釋金土對詩深入的程度，如安九振〈魔術詩人金土〉一詩，**「眼看哪，哪變詩／耳聽哪，哪有詩／一張嘴，就吐詩／打阿嚏，能噴詩／手扶犁，能種詩／拿鐮刀，能割詩／腳一抬，踢出詩／身一抖，就掉詩／走路踩著詩，吃飯嚼著詩／睡覺枕著詩，夢囈說著詩／血裡流著詩，心裡時刻想著詩／一管魔筆，萬物都可寫成詩」**。（略掉部份標點）（註五）

安九振詩道出「金土現象」，名之曰：「魔術詩人金土」。我想，除農民詩人、鄉土詩人、筆記詩人外，讓我對金土也多一分理解，他就是這樣，生病養病竟變出千首詩，確實像變魔術。

註釋

註一 金土，〈讀書看畫吟詩〉。〈唱給郭老—讀《百花齊放》所感〉，《張云圻詩歌筆記》（長春：吉林攝影出版社，二〇〇三年二月），頁一—二。

註二 黃秋聲，〈尋找詩的家園〉，金土，《啊，故鄉》（北京：中國文化出版社，二〇〇四年八月），序頁一—八。

註三 同註二。

註四 人間福報，二〇一七年十月十九日。

註五 安九振，〈魔術詩人金土〉，金土，《病中詩筆記》（北京：華夏出版社，二〇一六年三月），序頁八。

臺灣著名作家陳福成《中國鄉土詩人金土作品研究》一書在大陸引起的反響詩文選登

遼寧　金土

陳福成好（藏頭詩）

金土簡介：

金土原名張雲圻，遼寧綏中人，現任《華夏春秋》詩刊執行主編，已執編出刊達40期。已出版《我愛》等六部詩集，已在《詩刊》、《中華詩詞》、《北京文學》、《遼寧日報》、香港《中國文學》、臺灣《葡萄園》、美國《新大陸》、新加坡《世紀風》、馬來西亞《清流》、菲律賓《菲華日報》等幾百家報刊發表作品。

曾榮獲”蔡麗雙杯“等幾十個大獎。

臺灣著名作家陳福成著的《中國鄉土詩人金土作品研究》一書，已在大陸引起強烈反響。

陳在臺灣金在遼，福星高照架虹橋。
成為華夏一佳景，好在遊觀盡舜堯。

注一　遼即遼寧。

金土與陳福成

遼寧　劉忠禮

劉忠禮簡介：

劉忠禮，遼寧綏中人。1971 年參加工作，歷任綏中縣高臺堡鄉黨委書記、綏中縣文化旅遊局局長、綏中縣小莊子鄉黨委書記、綏中縣公安局政委、綏中縣政法委書記、綏中縣縣委常委、綏中縣人大常委會副主任。現為中華詩詞學會會員、遼寧省作家協會會員、中國林業書法家協會會員、詩作曾在國內外報紙、刊物發表。

大陸臺灣兩地生，詩人金土福成兄。
往來書信未謀面，相見真情文筆中。
金土研究大著作，文學立論滿篇紅。
發行出版折筋骨，道義相通情誼增。

說明：陳福成，臺灣人，著名作家；金土，中國大陸著名鄉土詩人。二人未曾謀面，只是書信來往，陳從中瞭解了金土，並為其寫作精神而感動，特為金土寫出《中國鄉土詩人金土作品研究》一書。倆人情深意篤，我特寫詩一首稱讚之。

贊金土——讀臺灣著名作家陳福成《中國鄉土詩人金土作品研究》感賦

遼寧 趙寶來

大趙稱他是詩魔，小趙稱他是詩癡。
二趙追他幾十載，風天雨夜無歇時。
信手拈來皆素材，抬眼一看盡佳詞。
感動臺灣陳福成，為他著書誰不知。

趙寶來簡介：

趙寶來現任《燕山》雜誌副主編，《華夏春秋》詩刊特聘書法家，《葫蘆島日報》特約記者。已在《人民日報》海外版發稿一篇，在中央人民廣播電臺發稿三篇，在省市縣發稿約三百多篇，詩稿和文稿均有建樹。已主編出版《三山風物傳奇》、《九門台風光》二本書籍，已在《百家詩文精品》等數十家刊報獲金獎、一、二、三等獎、優秀獎多次。

說明：首句中”大趙“，即趙鴻德；次句中”小趙“即趙寶來。

華夏詩情萬古存——贊金土與臺灣著名作家、詩人陳福成詩情

雲南　李伍久

李伍久簡介：

李伍久，白族，1938 年生，雲南劍川梅園人。中共黨員，中學高級教師，一生支邊怒江從事中小學教育、教研工作。為文化部 ISC 認證藝術家，國家一級書畫師，國禮藝術家，雲南省作協、書協會員，中國國學研究會研究員，中國書畫家新文藝群體書畫家工作委員會會員，中華詩詞協會名譽主席，聯合國和平書畫院院士，中南海詩書畫院名譽院長，曲阜鴻儒書畫院特聘藝術家，中國國賓禮創作中心”國賓禮首創藝術家“，中國非物質文化遺產研究會”中國非遺國禮特供藝術家“。出版有詩歌、散文、詩詞、書畫等十餘種作品集，詩詞作品被入編 500 餘種典籍，並多有獲獎。

中國詩壇奇人多，詩仙詩聖又詩翁。
詩癡詩鬼數不盡，如今又出一詩魔。

遼寧綏中張雲圻，筆名金土真詩魔。
萬事萬物均成詩，寫詩勝過變魔術。

鄉土詩人真詩魔，養病養出詩千首。
追債也能追出詩，有情有義詩成河。

詩歌筆記“金土體”，開創詩史新紀錄。
嘔心瀝血抒情志，引出臺灣經典作。

臺灣名家陳福成，研究詩魔心“急迫”。
不懼蠅蚊鬧“台獨”，急出一部大作品。

空前絕後真詩魔，古今未有詩狂人。
我寫此詩贊友誼，華夏詩情萬古存！

詩友金土來作客

遼寧　奚寶書
奚寶書簡介：

奚寶書，遼寧綏中人，當代長篇小說《債情》作者，電視連續劇《綠水青山》編劇，天津和治友德養生理療專家。
敝人居住青山下，木屋木門木籬巴。
土井土院土肥料，石桌石凳石書架。
滿園青菜無公害，四面房檐吊蛇瓜。
狸貓黑豬大黃狗，灰鴿烏雞大白鴨。
林蛙百鳥放聲唱，綠水倒映紅晚霞。
坐上籐椅搖靈感，不用電腦筆生花。
土生土長土生活，土裡土氣土作家。
詩友金土來作客，兩人擁抱土掉渣。
同讀臺灣陳君書，青史留名譽中華。

注一　陳君書，指陳福成著《中國鄉土詩人金土作品研究》。

《華夏春秋》留美名——致臺灣陳福成君

遼寧　楊玉清

楊玉清簡介：

楊玉清；遼寧綏中人，筆名海天居士，《華夏春秋》詩刊主編，中學高級教師，葫蘆島市作家協會會員。

臺灣作家陳福成，祖籍四川成都人。
一九五二壬辰歲，生於寶島之台中。
年近古稀似不惑，平生著作已等身。
筆名藍天與古晟，意為旺盛與光明。
又一筆名司馬千，仿效漢朝太史公。
欲寫千古興亡事，長向人間訴不平。
溯本追源知肇始，本肇居士是法名。
“黃埔人”稱為職志，曾做教官與志工。
反對“台獨”盼統一，長以中國人為榮。

“春秋大義”為志業，貢獻所學與所能。
五十年寫千萬字，百本著作皆雄文。
範圍全是中國學，文史哲教政經兵。
君學莫言容盜版，高風亮節數仁人。
廿一世紀屬中國，金甌完美必完成。
中華民族之崛起，全賴統一與復興。
東方睡獅已覺醒，華夏巨龍今飛騰。
炎黃兒女齊奮進，方可勇稱中國人。
陳君半百退休後，身體康健頭腦清。
欲為國家促一統，首先宣揚中國文。
二〇〇五年十月，《中國春秋》季刊生。
華夏春秋雜誌社，刊物、單位名不同。
每期一千五百本，全部郵寄屬贈送。
大陸寄贈五百本，面向大學及個人。
連續出版三期後，《中國春秋》換新名。
中國二字改華夏，意在刊、社名相同。
華謂美麗夏謂大，華夏中國之尊稱。
“春秋”原為魯國史，今為歷史之別名。

"春秋大義"是道統，一以貫之到如今。
聖人孔子成"春秋"亂臣賊子皆懼驚。
陳君辦刊之理念，開宗明義說得清：
"不為賺錢為信念"，堅持一個中國心。
宣揚國學價值觀，口誅筆伐"台獨"營。
世界華人之平臺，以筆為槍咒敵人。
體現中華文化美，瞭解吾國與吾民。

推行仁政與正統，促進統一兩岸親。
反擊"中國威脅論"，加快中華大復興。
二〇〇七年元月，《華夏春秋》刊物停。
前後發行只六期，"打烊"原因不告人。
陳說"不外人和錢"，我猜打鬼是主因。
魔鬼就是"台獨"子，自稱不是中國人。
頭號漢奸李登輝，他曾當過日本兵。
身上流著雜種血，理當蹬腿變灰塵。
二號漢奸陳水扁，"擔水扁擔早已陳"。
帶領"台獨"偽亂邦，五鬼搬運欺台民。

陳舊扁擔今折斷，貪污入獄成罪人。
三號女鬼蔡英文，實屬臺灣白骨精。
認賊做父不知恥，數典忘祖枉為人。
“小菜一碟”應吃掉，統一臺灣勢必行。
陳君生長在臺灣，長以中國人為榮。
聲稱“生為中國人，死後亦為中國魂”。
自古忠奸同冰炭，“台獨”怎容陳福成？
漢奸彈冠互相慶，壓得《華夏春秋》停。
勁草野火燒不盡，大陸春風吹又生。
二〇一〇年五月，落户江蘇省如東。
作家詩人高寶國，高調保護國粹文。
遼寧詩人號金土，投稿名“寫給母親”。
敦料出刊一期後，“復刊”不妥也叫停。
陳君讚賞金土詩，二人相互贈詩文。
二〇一一年早春，遼寧金土問陳君。
復刊《華夏春秋》事，有何條件可說明。
陳君回答“無條件，樂觀其成祝成功！
成功不必在於我；志在統一與復興。

能為民族做貢獻，不枉陽世過一生。”
二〇一四年六月，《華夏春秋》刊發行。
特聘執編是金土，社長仍為陳福成。
二〇一六變報紙，夾在《港城詩韻》行。
二〇一八春伊始，華刊恢復季刊型。
從此落户大陸地，關東黑土紮下根。
陳君永遠是社長，執編還是金土兄。
鄙人“做嫁”為校對，忝列主編之首名。
願學陳君愛國意，永做堂堂中國人。
我與金土近耋耄，不曾寶島臺灣行。
陳君年輕身心健，盼到夢土來關東。
山海關內秦皇島，關外首縣是綏中。
兩地之間姜女廟，南去十裡碣石宮。
大駕若臨東戴河，金土玉清特歡迎。

附件

遼寧省綏中縣鄉土詩人金土先生
生命歷程與創作年表簡編

一九四二年（一歲）

△農曆正月初五（陽曆2月19日）生於遼寧綏中一個農家，父張殿雨，母李桂珍。

一九四三年（二歲）

一九四四年（三歲）

一九四五年（四歲）

一九四六年（五歲）

△三月：這月十四日，未來金土的妻子馬煥云出生。

△云忻常和哥哥去放牛。

一九四七年（六歲）

一九四八年（七歲）

一九四九年（八歲）

△解放了，村里成立學校，所有失學的孩子，不論歲數，全部入學讀書。期末時，金土第十二名，前十一名學生都比金土年紀大。

一九五〇年（九歲）

一九五一年（十歲）

△小學三年級，因經濟欠佳輟學，半年後又復學。

一九五二年（十一歲）

一九五三年（十二歲）

一九五四年（十三歲）

一九五五年（十四歲）

一九五六年（十五歲）

△小學畢業，因未考上中學又回校復讀，不久全家遷沈陽。考入沈陽鐵路中學。

△初識偉大詩人屈原「路漫漫其修遠兮」，立下「吾將上下而求索」宏願。

一九五七年（十六歲）

△入讀沈陽鐵路中學（初中）。

△十二月：仿李白〈望廬山瀑布〉，寫出處女作〈夜去沈陽〉，收錄《啊，故鄉》詩集。

一九五八年（十七歲）

一九五九年（十八歲）

△大約是在初中二年級，金土立志當詩人。

一九六〇年（十九歲）

△今年：初中畢業。參加高中考試，高中第一篇作文，老師做範文，到各班讀。

一九六一年（二十歲）

△這年春有兩件事造成才讀高一的金土輟學，全家遷居山海關和父親病逝。

△大約就是秋天，隨雙目失明的母親去到山海關附近萬家鎮王家村。此後，沒有再就學。始終生活在農村，當一名鄉土詩人。同時在「萬家公社」工作，曾任生產隊會計、大隊文書、書記，到一九八六年任萬家食品站長。

一九六二年（二十一歲）

一九六三年（二十二歲）

△元月：金土和同生產隊婦女隊長馬煥云結婚，她小他四歲。

一九六四年（二十三歲）

△今年有什麼大事嗎？金土在〈懷念我的妻子〉一詩，寫著：「猶記得一

九六四年夏天／低標準剛過，家裡缺糧／為了讓雙目失明的婆婆吃飽／她只喝糠伴野菜熬的湯……」（見《港城詩韵》二〇一七年第一期，頁四五—四六）

一九六五年（二十四歲）

一九六六年（二十五歲）

一九六七年（二十六歲）

一九六八年（二十七歲）

一九六九年（二十八歲）

△十一月：萬家公社王家大隊第六生產隊改選，金土當上會計。

一九七〇年（二十九歲）

△五月：去大隊，擔任文書職務（大隊革委會提名）。

△十一月二十五日：母親病逝，享年六十八歲。

一九七一年（三十歲）

△今年到一九九一年，這二十年是金土工作最順利，家最興旺輝煌的鼎盛時期。

△三十歲開始發表處女作。

一九七二年（三十一歲）

△《錦州日報》通訊員。擔任大隊文書，曾在中學講課。

△七月：入黨。金土有兩首詩寫入黨信念，〈向日葵〉和〈我愛〉，見《張云圻詩歌筆記》。

△十二月：到綏中縣萬家公社參加信貸片會，初識黨委書記李保安，後來成為很好的詩友。

一九七三年（三十二歲）

一九七四年（三十三歲）

△九月：當選綏中縣萬家公社王家大隊書記，帶領群眾治山治水。

一九七五年（三十四歲）

一九七六年（三十五歲）

△馬煥云當綏中萬家公社大嫂隊長

一九七七年（三十六歲）

△王家大隊正式被綏中縣委命名為「大寨式大隊」。

一九七八年（三十七歲）

一九七九年（三十八歲）

一九八〇年（三十九歲）

一九八一年（四十歲）

一九八二年（四十一歲）

△三月：綏中縣平劇因於二十一日，到萬家公社演出並參與植樹。時金土

任大隊書記，也是《錦州日報》通訊員，這次演出和植樹，金土亦有報導。

一九八三年（四十二歲）

△夏：時任大隊書記，與公社和社辦企業領導到南方考察。

一九八四年（四十三歲）

△金土當大隊書記，妻當大嫂隊長（協助婦女主任抓計畫生育工作）。

一九八五年（四十四歲）

△六月：仍任萬家公社王家大隊黨支部書記，隨公社南方考察，順到寒山寺。

一九八六年（四十五歲）

△六月：到綏中縣萬家食品站上班。到一九八九年接任該站站長。

一九八七年（四十六歲）

一九八八年（四十七歲）

一九八九年（四十八歲）

△接任萬家食品站站長

一九九〇年（四十九歲）

一九九一年（五十歲）

一九九二年（五十一歲）

一九九三年（五十二歲）

△十一月：綏中縣萬家食品站被食品公司「賣掉」，單位解體。

一九九四年（五十三歲）

△五月：前往哈爾濱一家商場催蘋果欠款。

△九月，由昌黎工程隊接了山海關開發區兩棟樓的水暖活，這方面金土外行。

一九九五年（五十四歲）

一九九六年（五十五歲）

一九九七年（五十六歲）

一九九八年（五十七歲）

一九九九年（五十八歲）

△六月：因工人受傷，勞動局仲裁金土負責二萬元工傷費，未送到，進綏中監獄。

二〇〇〇年（五十九歲）

二〇〇一年（六十歲）

二〇〇二年（六十一歲）

△退休在即，與長春一個大款搞玉米粉加工出口南韓，考量不週，結果慘敗，到二〇〇七年欠下不少債，到二〇一二年正月債全部還清。

△十二月：從一九五七年十二月處女作〈夜去沈陽〉，至今結集出版，悟到奇妙的自我發現。

二〇〇三年（六十二歲）

△夏曆正月初五，金土六十一歲生日，自詠「悠悠歲月如逝水」（《啊，故鄉》七十七頁）。

△二月：《張云圻詩歌筆記》出版，吉林攝影出版社出版發行。

△從今年五月到二〇〇四年五月，金土寫了一千多首詩。

△十一月：加入葫蘆島市作家協會。另，二十四日，航天英雄楊利偉回到綏中二高中，受到英雄式歡迎，金土亦有詩頌詠之。

二〇〇四年（六十三歲）

△今年：擔任中國《鄉土詩人》編委和首屆「雷池杯」獲獎作品集編委。

△三月：加入中國鄉土詩人協會。

△八月：《啊，故鄉》詩集出版，北京，中國文化出版社。

△十一月：加入遼寧省作家協會，十二月加入中國詩歌協會。

二〇〇五年（六十四歲）

△元月：十八日起連三天，綏中縣電視台等三家新聞媒體，報導金土事蹟。

△六月：綏中三詩友，李保安、李光和金土，十日到北京參加中國詩人節。這三人後來都是《凌雲詩刊》創刊人。

△十月：由陳福成主持《中國春秋》創刊號在台灣省台中縣出刊。

△今年：榮獲「新國風詩歌」大獎，新國風在北京舉行端陽節詩人大會，頒發大獎證書給金土。

二〇〇六年（六十五歲）

△元月：《皎潔的月光》詩集出版，北京，中國文聯出版社。

△元月：由陳福成主持《中國春秋》第二期在台灣省台中縣出刊。

△四月：由陳福成主持《中國春秋》第三期在台灣省台中縣出刊。

△七月：《中國春秋》更名《華夏春秋》第四期按時出刊，十月出第五期。

△今年在家鄉綏中，與李光在《新國風》、《江海文藝》、《江海文藝東北版》、《青春文藝》、《紅高粱》等五個刊物中，建立「綏中詩群」，為不久後創辦《凌雲詩刊》做準備。

二〇〇七年（六十六歲）

△元月：《華夏春秋》第六期出刊。（本期首頁刊出無限期停刊公告）

二〇〇八年（六十七歲）

△今年開始辦刊。

△八月：三日，《凌云詩刊》創刊號出刊。總編李大興，執行主編金土。

△十月：到長沙參加「中國第二屆國風文學節」，參觀毛澤東故居。

△從《凌云詩刊》，經《詩海詩刊》、《詩苑詩刊》到《港城詩韻》，金土都擔任執行主編，到二〇一六年，這幾年辦刊最勤。

二〇〇九年（六十八歲）

△在金土積極運作下，二〇〇九年中國詩人節暨《凌云詩刊》創刊一週年，

在綏中召開。

△四月：到石家庄召開「中國鄉土詩人」年會。

△五月：《情愛集》詩集出版，北京，中國文聯出版社。

△回顧這些年，金土被聘任為數十文學團體擔任某種任務，如主編、編委、理事、顧問等。

二〇一〇年（六十九歲）

△五月：江蘇如東高保國主持《華夏春秋》復刊第一期發刊。

△六月：參加「二〇一〇年中國鄉土詩人年會」（在湖北鐘祥市）。

△九月：進京參加《新國風》編輯部召開的首屆毛澤東詩詞節會議。

二〇一一年（七十歲）

△五月：二十三日，參加在葫蘆島召開的「中國鄉土詩人年會」。

△七月：遼寧綏中金土主持《華夏春秋》復刊總第一期出刊。

二〇一二年（七十一歲）

△元月：《華夏春秋》總第三期出刊。

△元月：遼寧省詩詞學會在綏中召開，縣長羅建彪也到場致意。金土吟詩「三年前相識，也是在詩會……」（《華夏春秋》報五期）。

△四月：《華夏春秋》總第四期出刊。

△六月：參加在湖北京山召開的《鄉土詩人》年會。

△七月：《華夏春秋》總第五期出刊。

△今年「全球華人新詩大獎」，金土得獎，他到福州參加大會並受獎。

二〇一三年（七十二歲）

△三月：金土夫人馬煥云女士因病，住秦皇島市第一醫院，五月出院。

△四月：《華夏春秋》總第八期出刊。

△十二月：《詩海》詩刊第四期（總第16期）出刊。

二〇一四年（七十三歲）

△六月，《華夏春秋》詩刊（大陸版。紙本出版，一五六頁），筆者〈給大陸詩人金土先生的信〉。

△九月：《華夏春秋》詩刊（大陸版。紙本出版，一五六頁）

△十月：《華夏春秋》報總第十四期出刊。

二〇一五年（七十四歲）

△元月：《華夏春秋》報總第十五期出刊。

△二月：金土率團隊在匯明樓召開「二〇一五年春節詩苑詩刊座談會」，會議由主編馬長富主持，金土報告《詩苑》詩刊，改名《港城詩刊》的必要。

△三月：金土妻馬煥云腦栓痼疾發，醫治收效甚微，癱在家炕上。

△四月：《華夏春秋》報總第十六期出刊。

△五月：慢性肺結核住進綏中縣醫院，八月又患十二指腸潰瘍。

二〇一六年（七十五歲）

△加緊創作，「今年七十五，人生倒計時，已到這時候。趁手能拿筆，每日寫不休。文常一千字，詩曾十三首。」（《港城詩韵》二〇一六第四期，頁六十）。

△三月：《港城詩韵》第一期（總第一期）出刊，金土有詩〈辦刊八年有感〉，十九頁。

△三月：《病中詩筆記》出版，北京，華夏出版社。

△四月：十五日，「港城詩韵文學社暨港城詩韵期」舉行成立首發式。

△六月：《華夏春秋》總第十七期出刊。

△六月：《港城詩韵》第二期（總第二期）出刊。

△九月：《華夏春秋》總第十八期出刊。

△九月：《港城詩韵》第三期（總第三期）出刊。

△十月：從九月底到本月十一日，寫完〈接地氣詩八十一首〉，見《港城詩韵》二〇一六年第四期。

△十二月：《華夏春秋》總第十九期出刊。

△丙申（二〇一六年）腊月初一，金土夫人馬煥云女士逝世（陽曆12月29日），享壽七十歲。

二〇一七年（七十六歲）

△三月：《港城詩韵》二〇一七年第一期（總第五期）出刊。

△三月：《華夏春秋》總第二十期出刊。

△六月：《華夏春秋》總第廿一期出刊。

△六月：《港城詩韵》二〇一七年第二期（總第六期）出刊。

△這把年紀了，除寫詩編詩刊還能幹啥！二月時他在〈生活把我砥礪〉一詩說：「生活把我砥礪／多少年了啊／曾劃傷我的身體／在刀上跳舞／曾燒焦我的道具／在火海裡表演」。（見《港城詩韵》二〇一七年第一期，頁一四四。）

△六月：詩集《我愛》出版，香港，中國新聞出版（第一版），十月又出第二版。

△九月：《華夏春秋》報，總第廿二期出刊。

△九月：《港城詩韻》二〇一七第三期，總第七期出刊。

陳福成著作全編總目

壹、兩岸關係

決戰閏八月
防衛大台灣
解開兩岸十大弔詭
大陸政策與兩岸關係

貳、國家安全

國家安全與情治機關的弔詭
國家安全與戰略關係
國家安全論壇。

參、中國學四部曲

中國歷代戰爭新詮
中國近代黨派發展研究新詮
中國政治思想新詮
中國四大兵法家新詮：孫子、吳起、孫臏、孔明

肆、歷史、人類、文化、宗教、會黨

神劍與屠刀
中國神譜
天帝教的中華文化意涵
奴婢妾匪到革命家之路：復興廣播電台謝雪紅訪講錄
洪門、青幫與哥老會研究

伍、詩〈現代詩、傳統詩〉、文學

幻夢花開一江山
赤縣行腳•神州心旅
「外公」與「外婆」的詩
尋找一座山
春秋記實
性情世界
春秋詩選
八方風雲性情世界
古晟的誕生
把腳印典藏在雲端
從魯迅文學醫人魂救國魂說起
六十後詩雜記詩集

陸、現代詩（詩人、詩社）研究

三月詩會研究
我們的春秋大業：三月詩會二十年別集
中國當代平民詩人王學忠
讀詩稗記
嚴謹與浪漫之間
一信詩學研究：解剖一隻九頭詩鵠
囚徒
胡爾泰現代詩臆說
王學忠籲天詩錄

柒、春秋典型人物研究、遊記

山西芮城劉焦智「鳳梅人」報研究
在「鳳梅人」小橋上
我所知道的孫大公

為中華民族的生存發展進百書疏
金秋六人行
漸凍勇士陳宏

捌、小說、翻譯小說

迷情・奇謀・輪迴、
愛倫坡恐怖推理小說

玖、散文、論文、雜記、詩遊記、人生小品

一個軍校生的台大閒情
古道・秋風・瘦筆
頓悟學習
春秋正義
公主與王子的夢幻、
洄游的鮭魚
男人和女人的情話真話
台灣邊陲之美
最自在的彩霞
梁又平事件後

拾、回憶錄體

五十不惑
我的革命檔案
台大教官興衰錄
迷航記、
最後一代書寫的身影
我這輩子幹了什麼好事
那些年我們是這樣寫情書的
那些年我們是這樣談戀愛的
台灣大學退休人員聯誼會第九屆理事長記實

拾壹、兵學、戰爭

孫子實戰經驗研究
第四波戰爭開山鼻祖賓拉登

拾貳、政治研究

政治學方法論概說
西洋政治思想史概述
中國全民民主統一會北京行
尋找理想國：中國式民主政治研究要綱

拾參、中國命運、喚醒國魂

大浩劫後：日本311天譴說
日本問題的終極處理
台大逸仙學會

拾肆、地方誌、地區研究

台北公館台大地區考古・導覽
台中開發史
台北的前世今生
台北公館地區開發史

拾伍、其他

英文單字研究
與君賞玩天地寬（文友評論）
非常傳銷學
新領導與管理實務